男生隔壁是女生

鲁奇 ◎ 著

山西出版传媒集团

北岳文艺出版社

像

像少女

"80后"天空的一束明媚阳光

知道鲁奇，是很早很早以前。

那时候我在很多杂志发表文章，比如说《少年文艺》啦，《男生女生》啦，前面后面总会有一个叫"鲁奇"的家伙。我很坚定地写着女生，而他很坚定地写着男生，我常常有一些忧伤，而他常常留一点幽默。总之，这是一个跟我完全不一样的人。

后来，我们互相加了QQ，我一天到晚在上面挂着，是隐身；而他也一天到晚在上面挂着，是绝不隐身。我们有了一些对话，于是就有了更多的认识。慢慢的，我开始在他的"设计"下去读他的作品；慢慢的，我开始喜欢上他的作品；慢慢的，我开始有一点点上瘾，有时候有点累了，就到他的网站去读完他的一篇新小说，其间，乐得不可开交。不过这些，我都没有告诉他，我怕他会得意，呵呵。

在我的感觉里，他应该是个子不高，带点狡猾的微笑的聪明小男生，所以，当我真正地认识他，知道他是东北人，并且知道他已经工作了，我是狠狠地吓了一跳的。

再后来，知道他竟然也是所谓的"80后"作家，不禁又被狠狠地吓了一跳。

读过太多"80后"的作品，感觉鲁奇真的和多数的他们有很大的不同。他从不拿捏出一种悲天悯人的腔调去诉说成长的痛苦或是哀伤，也不用那些华丽或是难懂的词句来展示自己的才华，他只是保持着轻松的姿态，脱离那些自恋的情绪，去讲一个又一个鲜活的故事。从这个角度讲，我是不愿意将鲁奇称为"80后"作家的；如果硬要说他是"80后"作家，那他也是"80后"这个阴沉抑郁天空里的一束明媚阳光。

与众多的"80后"作家不同，鲁奇是一个题材十分广泛的作家，幻想啊惊悚啊什么的，他都写，而且写得相当不错，至今已连续三年获得读者评选的《少年文艺》"好作品"一等奖，海天出版社给他出版的一套三本的惊悚小说，销量相当不错。但他写得最好的，却是校园小说。平心而论，在国内的男作家中，像鲁奇这样能轻松驾驭校园题材的人并不多见。

鲁奇写校园很鲜活，宁不悔、苏美达……一连串听上去有些别扭却也有趣的名字，《卖书小贩遭遇书仙MM》、《我和我的小偷女友》、《我和校长的女儿是同桌》等等一系列无厘头的篇名，很容易吸引读者去一探究竟。除了这些与众不同的"包装"之外，我们不得不承认，鲁奇的故事本身也是极具吸引力的。他的故事里总有一根弦从一开始就吸引你不得不看下去，比如一个男生神秘失踪，后来竟听说是被困在了女厕所（《谁弄丢了苏美达》）；或者一个看似平淡而无聊的故事，一直讲到最后，突然出现一个让你意想不到的结局，让你内心豁然开朗，对作者不由得心生佩服。这一点，在鲁奇的很多校园小说里都得到了充分的体现，也可以说，这是鲁奇小说创作的一个最重要的特点。对成长中的青少年来讲，在这一个个生动的故事后面，无疑是一个温暖的启示，一张微笑的脸，一只指路的手。

有时候开玩笑，鲁奇会在网上叫我师傅，但我们都知道，这只是一个玩笑而已。鲁奇是一个很有主张并且坚持的男孩，无论是在写作上，还是在别的一些方面，他很坚持他自己的想法，不愿意去迁就或者说是迎合别人，对自己负责，对自己的文字也相当负责。从这一点来说，我倒有不少应该向他学习的地方。

没有见过鲁奇，挺搞笑的一次是，有一天他在 QQ 上问我何时能够到哈尔滨一见，而那一天，我刚刚从哈尔滨坐飞机回来。不过我想，见与不见都不是非常重要的，我们在彼此的文字里认识彼此，坚守着我们同样的理想，朝向同一个方向，就足够了。

最后要说的是鲁奇的勤奋。我也是一个写作者，深知写作的艰难和辛苦。和我不一样的是，鲁奇还要工作，但他一直很认真地在从事这一项他喜欢的事业。比如这一次的"校园幽默"系列，一出就是四本，很有点让别的作家羡慕和感叹的味道在里面。我相信他的努力会得到更好的回报，也希望他的书为校园文学原创的天空增添更多的亮色。

他会越做越好，这是一定的。

2012. 6. 9.

目录 | Contents

目录 | Contents

目录 | Contents

Chapter 1

馋嘴表哥和鬼马表妹

1.偷吃女生寝室的鸡

高二下学期，为了应付高考，学校开始封闭式管理，把整个高二学年的学生都塞进了寝室。由于我校寝室楼正在施工过程中，所以男生和女生不得不混寝。"混寝"的意思就是男生女生住在一栋楼里，这在其他学校里是很罕见的事情，这令其他学校兄弟们嫉妒得不行，因为男生女生住在同一栋楼里，就可以和心仪的女生朝夕相处了。

嗨，我怎么又说到了女生，难怪苏美达总说我不学好。

开学第二天，我们就搬进了寝室，从此便开始了自己其乐无穷的寝室生活。

我们寝室有八张床，属于"猪窝型"寝室，即人多、床多、垃圾多，除了我和苏美达是同一个班外，于星夜和宋时雨两个是四班的。于星夜戴着眼镜，属于书呆子型；宋时雨高高瘦瘦，没事就抱把吉他乱弹一气，属于走廊歌手型。还有段喻，看到他的时候，他不是在看游戏书，就是在上网，再就是打神秘电话，听晚间的广播节目，从来就没看到他干过一件正事，但是人比较温和，和我比较合得来。听到我的传奇级别已达58级，他顿时对我刮目相看，缠着我问有什么装备，对此我只字不提，搞得他整天对我毕恭毕敬的。

但是，意外发生了。

苏美达说学生处老师应该是都得了疯牛病，不然，怎会把我们两个毫无劣迹的男生分到那个最不受男生欢迎的 414 寝室——这个寝室是全校唯一的一个夹在两个女寝中间的男寝，寝室中的男生备受周围女寝的压迫。说压迫，是因为 414 寝室卫生不佳，隔壁两个女寝长又都是寝室卫生检查人员，非常凶。寝室中的男生告诉我们说她们都是"河东狮"，惹不起的，叫我们小心点。而我却不担心，因为表妹枫珍的寝室就在我们的隔壁。她是我小姑的孩子，从小就和我作对，尽管如此，但在我入住寝室那天，表妹还是亲自为我打理一切，搞得寝室里的男生误认为漂亮的表妹是我的女友。

搬入 414 寝室后的第三天晚自习下课时分，我和苏美达因埋头苦读错过晚饭而饥饿难忍，决定回寝室找点什么充饥。不幸的是，寝室的门却锁着，我和苏美达又没带钥匙，一时间肚子"咕噜噜"叫个不停，我俩只好另寻门路。

刚下到三楼楼梯拐角，表妹枫珍从后面喊住了我们："不悔哥，干吗呢?"

我不好意思说，肚子却咕咕作响。

枫珍是一个聪明绝顶的女生，一看我的样子便明白真相："错过吃晚饭的机会了吧?"

我点点头，双手捂着自己瘪瘪的肚子。

当她得知我到现在仍水米未进时，十分心疼。她低着头想了想，然后掏出一把钥匙塞在我手里，说："2 号床底下有一堆零食是我的，现在我要和我们寝室里的人一起去补课，没时间陪你们上去，你自己开门进去找点吃的填饱肚子吧!"

说完，她就匆匆地跑下楼去了……

握着她们寝室的钥匙，我犹豫不决，如果这样冒失地闯进女寝，碰到什么不该看、不该听的怎么办呀? 毕竟是女生寝室呀! 人家要说丢了什么，我和苏美达可就跳进黄河也洗不清啦！

苏美达已经饿得坐在了楼梯上，我在原地转了两圈。经过一番激烈的思想斗争，最后下定决心打开了女寝的门，饥饿让我铤而走险。

我把钥匙插入女生寝室锁孔时，心开始怦怦地跳了起来。锁打开了，我没有推门就进，而是站在门口敲了敲，说："有人在吗?"

见没人响应，我和苏美达才大着胆子走了进去。

女生寝室比男生寝室强不了多少，到处是书、内衣、小玩具、花衣裳、化妆品什么的。除此以外，还有快要溢出垃圾桶的果皮，散发着难闻的气味。

真是令人失望，女生寝室居然是这个样子。

"快找吃的吧，以后有的是时间来参观的。"苏美达提醒我。

我按照表妹的指示，找到了 2 号床，很快找到了床底下的东西。打开其中一个包裹，我和苏美达惊喜得差点叫出来，里面不但有小食品，还有两根火腿肠和一只香气四溢的烤鸡。这都是枫珍的东西，不吃白不吃。于是，我和苏美达像饿狼一样开始大吃特吃，不到十分钟，除了鸡头和鸡爪，那只鸡已经被我们风卷残云般地吞了下去。最后，我的肚子饱得像一艘开足马力的潜艇，而苏美达含着一根鸡骨对我一个劲地摇头。

我刚刚擦完油乎乎的嘴巴推开门，一抬头，发现门口竟然站着一个个子高高、身材微胖的女生，那冷冷的目光如同一把利剑逼视得我不敢抬头，我的天哪……不想碰到的事偏偏撞到头上来！这回就是跳进太平洋也洗不清说不明白了。

我猜她肯定是这个寝室中的人，于是，快速地从自己尴尬的脸上挤出一丝难看的笑容，解释两句后拉着苏美达仓皇溜走了……

2.你们闯祸了

我和苏美达溜回教室心神不宁地熬到晚自习结束，才磨磨蹭蹭地回到寝室。一推开 414 寝室的门，我就感觉气氛不对，弟兄们都愁眉苦脸地坐在床上。

寝室长段喻见我们回来，一个箭步冲上来，大声质问："你们刚才做了什么好事？"

我被问得一愣，吃鸡的事他们这么快就知道啦？不可能呀！我正琢磨该如何回答时，上铺的小开冲我大叫："你们闯祸了！"

原来我和苏美达吃的鸡不是枫珍的，而是睡在她上铺的室长的，也就是我和苏美达在女寝室门口碰到的那个横眉冷目的女孩的。她发现自己的东西被我们两只饿狼吃了，就来到我们寝室找我俩，结果我们不在，她就把我们寝室里的兄弟给教训了一顿，扬言等我俩回来要好好与我们理论一番。

段喻说那个女孩叫麦海佳，她是检查寝室卫生的头儿，经常给 414 寝室扣分，兄弟们没少受她的气。因此，她与我们 414 寝室结下了血海深仇，这次我们偷吃她的东西那简直是羊入虎口，麦海佳是不会轻易善罢甘休的。段喻让我们赶紧想办法，不然麦海佳要是把这件事报告给学生处，那可就惨了……擅入女寝还偷东西，可是犯了校规的呀！

我不怕麦海佳和我理论，只是这件事传出去影响不好，有损我宁不悔的声誉，而且还会使暗恋我的那些女生失望，我想这件事大不了赔她一只鸡！

这时，门外又传来敲门声，麦海佳和几个女生赫然站在那里。

我不在乎她们，但也不能表现得理直气壮，我装作没事人一样坐在床上摆弄 CD。

这时，麦海佳板着脸像只鸵鸟一样慢慢走到了我的身边，说她像鸵鸟，主要是因为其脖子细长无比，身体又胖得圆乎乎的像根香肠。

她来到我的床边 35 厘米处站定，双目直视我的头顶，似乎在观察我的毛发走向。

她的样子，可以用亭亭玉立来形容。她说："宁不悔同学，是你吃了我的鸡吗？"

"啊……啊，鸡呀？这个鸡呀，是我吃的，但我不知道是你的。"我辩解道。

她张嘴刚要说什么，枫珍不知从什么地方冒了出来。她把麦海佳拉到一边说了几句后，麦海佳便对那几个虎视眈眈的女生使了个眼色，一行人不情愿地回到了隔壁的寝室。

我长舒了一口气，正暗自庆幸有枫珍救驾时，枫珍走过来狠狠地瞪了我一眼，无可奈何地说："你吃什么不好，干吗非吃那只鸡，而且还留下鸡头和鸡爪？"

我不服气地说："她的鸡又怎么了，赔她一只算了！"

"这只鸡不是麦海佳的，是麦海佳和我们几个女生为生病的方祺儿买的，还没等我们送给人家就被你吃了，你让我说你什么好，你……"

从枫珍那气急败坏的样子，我可以猜到她未说完的话是"你多么令我失望"。枫珍把她的钥匙从我手里夺走，头也不回地走了。想想已成腹中之物的鸡，又想想麦海佳那惨不忍睹的表情，我确信自己确实做了一件不该做的事。

3.呀！我闯进了女寝

我和苏美达决定要买一只烤鸡赔给麦海佳，免得让这么一只惹是生非的烤鸡闹得大家都不安宁。

第二天晚自习结束后，我和苏美达回寝室，寝室走廊里黑洞洞一片，听人说学校在检修走廊的灯泡，临时换下灯泡却不知什么原因没有安上。苏美达有该死的夜盲症，一到黑暗的地方就什么也看不清了。我拉着苏美达跌跌撞撞地推开了寝室的门，我走进去后，感觉有点不对头，寝室里怎么会有一股香水味呢？

我正在疑惑中，灯突然亮了，强烈的灯光刺得我头晕眼花，我急忙抬手遮住眼睛。这时就听一个声音冲我大喊："你怎么没敲门就进来了？"

我有些莫名其妙，这么晚了怎么会有女生在这里？我定睛一看，寝室里居然都是女生，呀！我闯进了女寝！

我和苏美达当时就傻了，还没等我缓过神来，麦海佳冲到我面前，指着我的鼻子说："你们怎么这么流氓！"

我见势不妙，灵机一动："对……对不起，我们是来告诉你们走廊里的灯泡坏了！"

"灯泡坏了谁不知道？别找借口了！"

不知是谁一下子就揭穿了我的谎言，我的脸瞬间热得可以烙熟一张饼。此刻，我真正体会到了无地自容的滋味，羞愧得急忙往门口退、退、退……

在我和苏美达转过身向后退的过程中，不断有毛毛熊、枕头、手机套、橘子皮等雪片般砸在我和苏美达的脑袋上，当我快迈出女生寝室的时候，头被一个硬硬的东西重重一击，我低头一看，原来是一只KFC里的机器猫。我出门以后，摸了一下头，发现头上鼓出一个鹌鹑蛋大小的大包。

祸不单行，第二天，我的"光荣"事迹就传遍了全校。早晨起来因为被子没叠好，检查时又被麦海佳扣了 5 分，要知道累计扣 100 分那可是要记入学生档案的。

我去食堂吃饭，总有一些男生不怀好意地问我："闯入女寝是什么感觉，你看到了什么？"

"你可真有胆量！平时还真没看出来。"

"请问你当时有没有心虚，怎么出来的，谈谈吧？"

回到班里，男女生一窝蜂把我围起来问长问短，我成了十足的新闻人物。我能猜到这事肯定是麦海佳她们张扬出去的，她们这种不负责的做法比到学生处老师那里告我的状还要残忍。

我找到枫珍问她可否帮忙化干戈为玉帛，并打算买两只鸡送去赔礼道歉。枫珍听完，一连串摇了无数次头。她说她们寝室里的人已对我恨之入骨，若我贸然前往，那后果肯定不堪设想。枫珍说实际上如果不是她在左右周旋，也许会诱发大规模的寝室间武装冲突，因为她们寝室里那个叫方祺儿的女孩至今还在医院里躺着，导致她们的心情很糟。

看来化干戈为玉帛的希望可能是很渺茫了。

4.不人道的报复手段

不知麦海佳她们是从哪里打听到的消息，知道了我的床铺是紧挨她们寝室四号铺的那一侧，只要学校每晚熄灯铃一响，我的觉就别想睡了。

每当我蒙眬欲睡的时候，墙壁的另一端便传来一阵可恶的敲墙声，把我那点可怜的睡意敲得无影无踪。

我清楚这一定是麦海佳她们在报复我，我自知理亏，两次与人家结下冤仇，就让她们出口气算了……我这么君子地对待她们，可是她们敲墙的方式却很小人，并不是连续敲，而是猛敲几下就停下，过了五六分钟再突然敲第二次、第三次……总是在我刚刚有了点睡意的时候被她们突然敲醒。她们这样折磨了我七八天，但我丝毫不反抗，我安慰自己说："权且把她们当成我的义务更夫吧！"

后来，大概她们也感到这种傻瓜做法很无聊，或者是良心发现，觉得这样对我太不人道，就停止了。

我满心欢喜，以为她们对我的仇恨会减轻一些了，便私下向枫珍探听近况，原来她们停下敲墙也有枫珍的一份功劳。枫珍因为这都跟麦海佳闹翻了，听说还打了起来，枫珍挽起袖子让我看她那因战争而有些青肿的手腕，这让我感动不已。枫珍说麦海佳她们近来不知又要搞什么新花样来制裁我，让我小心点。

我照枫珍的话办，在学校里遇到麦海佳她们时尽量躲开……帅男不跟恶女斗。

这样，一直到月末，414寝室的兄弟们与相邻的两个女寝的女生井水不犯河水，更别说有什么来往。有两个基本原因，一是这三个寝室都是混寝，哪一届哪一班的人都有，同班或者像我和枫珍这样男女生熟悉的都极为罕见……否则，苏美达怎么会得出学生处老师都得了疯牛病这一伟大结论呢？

5.真相大白

　　一个月在战战兢兢中眼看就要过去了，感谢老天，据说下学期学生处要重新调整寝室，我们这个全校唯一夹在两个女寝之间的 414 寝室也许会有所调整，我们这些受尽苦难的兄弟们将苦尽甘来。啊，终于可以自由地喘口气了。

　　临放假前两天的晚上，其他人都流窜到别的寝室玩去了，寝室里只有我和苏美达。熄灯铃响过，我刚躺下，忽然传来一阵惊心动魄的敲门声。我问谁，门外人说：“我是麦海佳，快开门，不得了了！”

　　我穿好衣服给麦海佳开了门，我问她：“怎么了？出了什么事？”

　　“枫珍的肚子疼得厉害，好像是食物中毒了，得马上去医院！”

　　我跟着麦海佳来到她们寝室，二话没说背起枫珍就往外走；女生们前呼后拥地给我开门，用手电筒为我照路。

　　麦海佳扶着枫珍的手小声问我：“能坚持得住吗？”

　　“没问题！”我冲她笑了笑，一口气把枫珍背到了医院。

　　我突然发现了她们的友好，耳边全是关切的话语：

　　“注意别摔着。”

　　“这次可多亏你了，谢谢你呀。”

"今天你要不在，那可真麻烦了。"

……

一时间我竟有些恍惚。

其实枫珍并没什么要紧，医生说只是轻微中毒，我这才松了口气。枫珍像只小猫一样躺在医院的病床上，看起来很是柔弱，不管怎么说我也是她的表哥，有责任帮她渡过难关。

我凑到枫珍跟前想说几句安慰的话，还没等我开口，突然，她哽咽了一下，泪水随之便从红红的眼眶冒了出来："哥！我对不起你！对不起你！我不该那样对你！"

我笑着说："该不是病得糊涂了吧？怎么净说傻话？"

枫珍说："我不想再隐瞒了，其实，晚上敲墙的那个人并不是麦海佳，而是我……"

"什么？是你！"我大吃一惊。

原来，残忍地折磨我七八天的敲墙人居然是表妹枫珍！我忽然记起枫珍那天给我看她那青肿的手腕，我才有些明白过来。

原来，这么多年来，因为我是男孩，学习成绩又比她好一点点，一直颇受爷爷奶奶的宠爱，导致枫珍 17 年来一直对我不满，鬼主意超出我十倍的她时常给我设陷阱，令我防不胜防。自从这学期我被安排到 414 寝室的那天起，枫珍就已在心里做好了对付我的准备。自从那天我中了她的圈套——吃了床底下的烤鸡（其实那就是她自己买的烤鸡）之后，我就成了一只被扯线的毛公仔，麦海佳只不过是她打出的一张王牌，因为她们是死党。

枫珍最后说，爷爷奶奶都说我比她聪明。事实证明，她比我强，因为我只会顺时针思考，容易相信别人，所以她比我强。枫珍说等她

　　病好之后，她要买两只鸡答谢麦海佳和与她密切配合的众姐妹，当然，也决定邀请我参加，权当赔罪，从前的过节儿她也打算一笔勾销，还是那句话，因为她比我强。

　　我的天，我哪还敢再吃她的鸡呀！

Chapter 2

方祺儿的忧蓝晴空在哪里

1.有个神秘男孩在默默帮助她

方祺儿在网上认识了一个男孩叫"忧蓝晴空"，他总在默默地帮助她。

关于这件事，要从我与方祺儿的第一次见面说起。

那是一个初夏的星期六上午，我去医院看望生病的二叔，二叔住的医院是全市最有名的一家，他住的是高干病房区。那天，我看完二叔，走过医院长长的走廊，穿过一间间散发着消毒水味道的病房，走下楼梯时，忽然听到身后传来急促的脚步声，随后，一个甜甜的、柔软的女声击中了我的后背："请你等一下好吗？"

我回头看到走廊里站着一个穿着宽大病服、长得酷似张娜拉的漂亮女生。她手中拿着一个白色的信封，眼睛忽闪忽闪地望着我，好像我是她多年未见的男友一样。

我愣了一下，说："你是在叫我吗？"

"嗯，是的，就是你。"女孩十分肯定地点点头，以看小花猫一样爱怜的眼神望着我。

"有什么事吗？"我放慢声音，尽量使自己变得绅士一些。

"你为什么要这么匆匆离开？你知道吗？我每天都在想念你！"女孩眼中泪光闪闪。

我有点晕，不是做梦吧？这么漂亮的女生会天天想念我？

"可是，我不记得在哪里见过你啊？"我笨笨地说。

"忧蓝晴空，你为什么只留下这个就走了呢？"女孩把手中的信封递给我。

我接过信封，信封右下角写着四个字："忧蓝晴空。"

我明白了，女孩是认错人了。"对不起，我不是忧蓝晴空，你认错人了！"

"不会的，不会的，刚才走廊里只有你一个男生呀，不是你会是谁呢？你不要不理我，不要不承认好吗？"女孩说着说着眼泪就掉了下来，我发现她的病服与她的身材极不相称。

"可是，真的不是我呀！你真的认错人了。"我不知道今天遇到这个女孩是好还是坏，总之，我感觉事情有点麻烦。

女孩不听我的话，自顾自地流泪，依然说："忧蓝晴空，你为什么总是躲着我呢？"

我在世界上最害怕三件事：一是怕我爸打我，二是怕传奇账号丢掉，三是怕女生在我面前流泪。

我有点手足无措，不知道该怎样让她停止流泪。一般电影里，这个时候，男主角都会掏出手帕或者纸巾为女主角擦泪，之后，再与女主角深情相拥，再之后，就会 #$#%$#^%$!（少儿不宜，用马赛克代替）……可是，我翻遍牛仔裤都没有找到哪怕一张面巾纸，我该怎样阻止她对一个毫不相干的人流泪这种愚蠢的举动呢？

正在我左右为难的时候，我听到有人喊："哥，你来了？"

我抬头一看，是我的表妹枫珍。

"枫珍，你也来看二叔呀？"

"哥，我刚才看过二叔了，我来更主要的是看方祺儿。"枫珍说。

"方祺儿住在这家医院呀？"我惊讶地问。

"是呀，她就是方祺儿，你们原来不认识呀？"枫珍指着我面前的女孩说。

"啊？她是方祺儿？"

我大吃一惊，面前的方祺儿还在流泪。枫珍走过去，抱住她的肩，说："别哭了，他是我表哥宁不悔，就住在我们寝室隔壁，他不是忧蓝晴空。"

方祺儿擦干眼泪，对我不好意思地笑了笑，说："对不起啊！我……我真的不知道你是枫珍的表哥，刚才让你见笑了。"

"哥，到方祺儿的病房坐会儿吧！那里只有我们两个，闷死了，再看看我给她的礼物。"

"好啊好啊，刚才对不起，我请你吃水果，还有烤鸡腿。"方祺儿说。

听到"鸡"这个字，我的脸顿时火烧火燎起来，因为我又想到了前不久去她们寝室偷吃鸡的事情。

我来到了方祺儿的病房坐下后，不禁想起刚才她认错人的事来，便问方祺儿："忧蓝晴空是谁呀？"

方祺儿没回答，枫珍却叹起气来，很无奈的样子："忧蓝晴空，忧蓝晴空，一个神出鬼没的家伙，方祺儿的网上白马王子，网下却是无影大侠。至今，我们还不知道他到底长的什么样子。"

方祺儿指了指床边的一束玫瑰花，还有一个装满水果的花篮，说："这些是刚才护士拿进来的，她说是放在门口的，还有这封信。"

说着，方祺儿把刚才的那个白信封递给了我，我打开信封，看到里面只写了几行小字：祺儿！祝你早日康复。忧蓝晴空。

"护士们没有看到送东西的人吗?"我问方祺儿。

"没有，早晨的时候，走廊里走动的人很多，护士说没看到学生模样的人。"方祺儿失望地说。

枫珍把我拉到窗边，小声对我说："哥，不要问忧蓝晴空的事了，方祺儿这些天为他心情一直不好，还是看我送给她的生日礼物吧!"

枫珍拿过一个圆形的鱼缸，指着里面两条红色的金鱼，对我说："哥，你看这两条鱼是不是很像我们兄妹呀? 这只大脑袋的，傻乎乎的很像你吧?"

枫珍总是长不大，满脑子都是玩。我提醒她："他们是情侣，我们是兄妹，我才不愿意和你待在这只小玻璃容器里呢! 闷死了，还是帮帮方祺儿吧!"

"我真的很想找到忧蓝晴空，我要感谢他，他帮了我很多。"方祺儿说。

于是，方祺儿向我讲述了她与忧蓝晴空的故事。

一年前，也就是从她搬入寝室的时候起，她在网上认识了一个叫做"忧蓝晴空"的男孩，得知他也是高中生，也生活在这个城市中，也在努力学习，也在寂寞而忧伤地生活着。他们经常在网上碰到，每次都能聊上一两个小时，有时碰不到，他们就互相发电子邮件，畅谈学习、生活、理想和所有快乐与不快乐的事情，他在网络的那一边鼓励着方祺儿，帮她解决生活中的各种烦恼。后来，忧蓝晴空得知方祺儿脖子上长了一个很大很大的肿瘤，必须做手术，就主动帮方祺儿联系医院。在病房极其紧张的情况下，把躺在八个人一间普通病房中的方祺儿送到了高干病房，使她能够安心治病，病情也逐渐好转。但是，方祺儿至今还不知道忧蓝晴空到底是谁，连他的声音都没有听到过，而他仍然在暗中默默地帮助她。忧蓝晴空在哪里？这一直是方祺儿关心的问题，她问过医院的医生护士，但是他们谁也不知道为方祺儿调换病房的人是谁？更不知道有个叫做"忧蓝晴空"的人。

"不悔哥，帮我找到他好吗？"

方祺儿突然叫我"不悔哥"，使我再次感觉一阵眩晕，我这人最喜欢甜言蜜语了，特别是喜欢女生叫我哥。既然方祺儿叫我哥，我就要帮她，于是信心十足地说："好的，我帮你找找看。"

"谢谢，从今以后，我就认你当哥了。"方祺儿脸皮比我想的要厚得多。

我点头答应，却发现枫珍的嘴撇得已经可以挂油瓶了。后来，离开时，枫珍说我："就那么缺妹呀？认那么多妹妹有你罪受的。"

我这人一向喜欢替美女做事，况且方祺儿还住在隔壁，怎么说也是邻居。不是有句"老话"吗？远亲不如同校，同校不如同班，同班不如对门，对门不如隔壁。

我决定帮方祺儿找到忧蓝晴空。我握着方祺儿给我的那张写有忧蓝晴空网上联系方式的纸，心中充满了喜悦。我快乐地想，这次回到寝室又有吹的了，美女总是喜欢帅哥的，而我，宁不悔，就是酷酷帅帅的一个。

出发喽，寻找忧蓝晴空！

2.他就在你身边

我回到学校后，便在 QQ 上加了忧蓝晴空这个好友，不久，他就回复了，验证通过。但是，我跟他说话，他却不在线。

知道他为什么这么痛快地加了我吗？因为我用的 QQ 资料写的是个女生。

看来，忧蓝晴空也是个好色之徒，比我强不了多少。

又过了几天，我在网上碰到忧蓝晴空，他还是不和我说话，好像可以察觉到我的企图一样，根本就不理我。

这天，我躺在寝室的床上苦思这个忧蓝晴空的家伙到底是何方神圣，耳边传来了宋时雨的琴声，就嚷道："宋时雨，你可不可以小点声？我心里烦着呢。"

宋时雨停下他弹琴的"爪子"，说："可以的，可以的。"然后，他悄悄地打开寝室的门，走到走廊里。不一会儿，走廊里就传出了宋时雨时断时续的琴声。

刚弹几段，他的琴声就停止了，我听到门外传来宋时雨颤抖的声音："把那东西拿开，求你了！快拿开！"

"还弹不弹了？知不知道我们方祺儿刚出院，一旦伤口发炎，你负得起责任吗？"一个女生的声音，很像隔壁寝室的女生落落。

她是全校有名的搞怪高手，胆子非常大，总喜欢搞一些令人恐怖的恶作剧。

"好的，好的，你快把那东西拿开好吗？"

"那你还弹不弹了？"

"我不弹了——"

我跳下床打开门，看到落落手中拿着一条在蠕动的青蛇。

宋时雨正在一步步退却，看到我开门，一个箭步就冲了回来，由于跑得太快，吉他掉在了地上。

正巧，段喻从外面回来，替宋时雨捡回了吉他。段喻说："怎么了，这么神经兮兮的？"

宋时雨吓得脸都白了，"说话小声点，隔壁的方祺儿回来了！她现在是病人，怕大声说话，因为大声说话会震坏手术的刀口的。"

段喻说："干吗这么娇气呀？不就是一个淋巴手术吗？有什么了不得的，我就大声了，看她们能把我怎么样？"

说着，段喻就抢过宋时雨的吉他，弹起了《对面的女孩看过来》。

不一会儿，门就被人一脚踢开了，是落落。她看到段喻大叫："你找死呀？"

说完，右臂一甩，一条长长的拇指大小的绿蛇就落到了段喻的胸前。宋时雨吓得跳上了床，段喻却表现出了惊人的胆识。

他拿起胸前的蛇，轻轻握在手中，不屑地说："不就是一条蛇吗？吓唬谁呀？"

然后，他又把蛇扔给了落落。

落落气得跑了回去，不一会儿，她又回来了，说方祺儿找我有事。

我来到女生寝室后，方祺儿正躺在床上，她对我说："忧蓝晴空又出现了！"

"什么时候？"

"今天中午，我中午的时候回来，一进寝室就看到了这个。"说着，方祺儿用手碰了一下床上挂着的木鱼风铃。

风铃发出悦耳的回声，微风从窗口吹进来，木鱼被吹得转圈，张着小嘴的木鱼头转个没完没了。

木鱼风铃的下面挂着一张橘黄色的小卡片，卡片上写着几个字：欢迎你重返校园。忧蓝晴空。

"你回来的时候寝室里有人吗？"我问方祺儿。

"没有，当时是中午，寝室里的同学都去食堂吃饭了。"

"这么说，忧蓝晴空就在我们身边！可是，他是怎么进来的呢？"我有点疑惑。

"也许女生寝室里有内奸！"落落说。

"内奸？"

"是呀，这个忧蓝晴空和内奸串通一气来骗方祺儿，忧蓝晴空是骗子。"落落很肯定地说。

"不，他不是骗子，绝对不是！"方祺儿大声说。

"如果他不是骗子，为什么又这样折磨你呢？对你好却不和你见面。"不知道什么时候枫珍进来了。

方祺儿沉默了，低着头，眼泪掉了下来。

"也许他是祺儿的暗恋者，喜欢祺儿却不敢表白。"落落眨着大眼睛，望着木鱼风铃说。

"我才不信呢，我感觉'他'是个女生，就在我们寝室里。"枫珍语惊四座。

"有这个可能，但会是谁呢？"我说。

落落拿出一张纸，写下了寝室所有人的名字：枫珍、麦海佳、方祺儿、林还语、落落、舒雨霖。然后，她把纸拿给方祺儿看："说说，你和谁曾经结过怨？"

方祺儿摇头。

落落又问："这里面谁最喜欢搞怪，喜欢恶作剧？"

方祺儿抬起头，说："是落落，好玩落落。"

"好玩落落"是落落的网名。

落落的脸当时就红了，瞪大眼睛："有没有搞错！怎么会怀疑到我？这种粉（很）无聊的事我是从来不干的哦！"

"我还是找段喻去查一下那家伙的 IP 吧！这样就可以知道他在不在学校里了。"

大家一致同意，我回到寝室后，把事情告诉了段喻。

3.寻找忧蓝晴空计划

第二天，我和段喻、宋时雨一起到网上等忧蓝晴空，段喻做好了一切准备，只要忧蓝晴空一上线，段喻就可以知道他是否在学校里。

但是，出人意料的是，忧蓝晴空没有出现。

此后一个月，忧蓝晴空都没有在网上出现过，好像消失了一样。

这期间，忧蓝晴空又帮方祺儿做了一件事。

事情是这样的：由于住院落下了很多功课，方祺儿赶课、补笔记，每天都学习到深夜；她怕影响寝室里其他人睡觉，就打着手电筒，每天晚上趴在床上写。夏天蚊子多，方祺儿第二天起床总是被叮得满身大包。一天放学回来，打开寝室的门，方祺儿惊呆了，她的床被人安上了雪白的蚊帐，这回她再也不用担心晚上被蚊子叮了。

在蚊帐的一顶端，挂着一张粉红色的卡片：不管白天黑夜，我都是你的忧蓝晴空。

这次，方祺儿下定决心，一定要找出这个忧蓝晴空，不管他是男是女。

在麦海佳的组织下，我们男女生寝室十二名成员终于坐到了一起。地点嘛，自然在男生寝室，男生坐在一侧，女生坐在另一侧。

麦海佳说："大家只隔一堵墙，已经很熟悉了，就不用自我介绍

了吧?"

"那怎么行啊?我们两个寝室第一次坐在一起,还是正式点吧。"

"好吧,从我开始,我叫麦海佳。"麦海佳站在寝室中央,大声说。

男生们看都不看她一眼,大概是因为她平时太凶的缘故。

"我是落落。"

"我是枫珍。"

"我是林还语。"林还语是个害羞的女生,说话的时候脸都红了。

之后,是男生。我们依次自我介绍,却发现缺了段喻。

苏美达说:"段喻去哪儿了?会不会就是他?"

"是呀,他好像有点怪怪的哦。他会不会就是忧蓝晴空呢?"宋时雨说。

这时,门开了,段喻拎了两个大西瓜回来了。他把瓜放在桌子上,二话不说就开始切。

就这样,每人手里捧着一块大西瓜吃了起来。女生们都赞叹段喻想得真周到。我看着他的脸,不知道他在想什么,难道他是忧蓝晴空?

不一会儿,关于帮方祺儿寻找忧蓝晴空的话题讨论正式展开。

"我看应该在学校里贴寻人启事,悬赏找人!"枫珍说。

"悬赏?奖品是什么呀?我们既没钱又没东西,如果人真的找到了,我们拿什么感谢他?"宋时雨说。

"悬赏不行,我们就来个绝的,找个男生和方祺儿假扮情侣,一定会把那个忧蓝晴空气得要死,他一定会找到那个男生拼命,这样我们不就可以找到了吗?"落落天真地说。

"嗳,这个想法太天真了吧?忧蓝晴空又不是猪头,怎么会笨得跟人拼命?还有,假扮情侣?你有没有想过方祺儿的感受?如果被老师误以为是真的，或者被那和方祺儿假扮的男生趁火打劫，岂不是……还有，忧蓝晴空要是个女生，这招就不灵了。"宋时雨叽里呱啦说了一大堆。

"有完没完了？也就是你们能想出这种下三烂的主意。"麦海佳不屑地说。

"你有更好的主意？"一直沉默不语的段喻终于说话了。

女生们的目光都齐刷刷地转向了他，她们都对这个怀疑对象产生了兴趣。

麦海佳说："好主意嘛，当然有了。找学校，要求换寝室的锁，而锁的钥匙就放在我一个人这里，看这忧蓝晴空还能不能进来。"

"他大不了不进了呗！有什么了不起的？"段喻说。

女生再次瞪大眼睛看着段喻，我们几个男生也很惊讶，我有点怀疑他怎么会说出这种话来？

"呵呵，段喻，你就招了吧！"苏美达故作深沉地说。

"你们竟然怀疑是我？"段喻气得脸色通红。

"没有没有，这不关我们女生的事喽！"林还语边快速吃西瓜边说，其他女生也不语，埋头吃西瓜，生怕段喻会一气之下把西瓜扔进垃圾堆。

"内奸在我们女生寝室，不要怪男生了。"麦海佳说。

"我不找了，不麻烦大家了。"方祺儿说完就推开门出去了，女生们也随之相继离开。枫珍走在最后，临走时，她对我们几个男生扔下一句话："以后再也不上你们男生寝室来了！"

4.破碎的木鱼风铃

段喻成了我们寝室的怀疑对象，大家都认为他就是忧蓝晴空。但是不管我们用尽什么方法，段喻就是死活不承认他是忧蓝晴空。

于是，苏美达就问他："如果不是你，那天为什么会买西瓜？"

"买西瓜？买西瓜很正常啊！第一次有那么多女生来我们寝室，最起码要表现出男生的风度吧！"段喻说话时有点结巴，脸色通红。

"他还是心里有鬼！"宋时雨说。

"我才没有鬼，我要真的是忧蓝晴空，我就不会躲躲藏藏让方祺儿伤心了。"段喻好像很生气的样子。

"你是不是喜欢上方祺儿了？"宋时雨说，还弹起了吉他。

段喻气愤地离开了寝室，天气很热，我就把寝室的门打开了。

这时，枫珍和方祺儿正往楼下走，我问枫珍做什么去，枫珍说陪方祺儿去医院复查。

晚上，枫珍和方祺儿回来了，两个人却都垂头丧气的。我问枫珍怎么了，她说忧蓝晴空又出现了。

"什么时候？"我问方祺儿。

"昨天，护士说昨天有个男孩来问方祺儿的病情，好像很焦急的样子。"枫珍说。

"护士说男孩长什么样子了吗？"

"说了。"方祺儿说。

"真的？忧蓝晴空到底长什么样子？"

"护士说记不大清楚了，但是可以告诉我们的就是男孩个子不高，而且戴着眼镜。"方祺儿说。

个子不高，戴着眼镜？我们寝室符合这两个条件的有两个人：于星夜和段喻。

难道是于星夜？不可能啊！因为据我所知，于星夜已经有喜欢的女生了，那个女生是他的同桌。虽然还没有表白过，但是他已经在寝室中宣布，非那个女生不娶了。

如果不是他，剩下的人只有段喻了。

想来想去，又回到了段喻身上。

晚自习后，落落来到了我们寝室。

她进来后就坐到段喻的床边，眼睛死死地盯着段喻，说："段喻，你还是承认了吧！"

段喻不说话，坐在旁边埋头发手机短信。

寝室里所有的人都看着他，此刻，时间凝固了，一分钟、两分钟、三分钟……

突然，段喻抬起头，看着落落，然后说："是我，昨天那个去医院的人是我，但我确实不是忧蓝晴空。"

"你去医院做什么？为什么还要问方祺儿的病情呢？"

"因为，因为，我想知道这种病会不会死人！"段喻说。

"你问这个有什么用啊？"苏美达问他。

"我在网上也认识一个和方祺儿得同样病的女孩，当她得知方祺

32

儿手术后，就总在网上问我方祺儿术后的情况怎么样？她的脖子上长了一个大肿瘤，她怕是癌，怕手术，怕死掉，所以，我决定去医院帮她问个清楚。我真的很担心那个女孩，我担心她死掉，如果她死掉我会很伤心……"段喻依然低着头，他的脸在灯光的阴影中，我不知道他是否已经流泪了。

"那个女孩现在在哪儿？"苏美达问他。

"她在二中，高一。"

"二中，高一？"苏美达张大嘴巴，因为二中与我们学校只隔一条街，而且，苏美达以前在口吃学校认识的身高 175 厘米的女生就在二中。

"这么近，你为什么不去找她呢？"宋时雨抱着吉他蹲在椅子上，像只大猩猩。

"大家只是网上的朋友，何必见面呢？她不知道我的学校离她这么近，如果她知道，她一定会来找我的。我喜欢在网上和她聊天，也喜欢为她担心，帮她到医院打听病情，我认为这样很好，可以做网上的知心朋友。"段喻把手机扔到一边，手机开始响起来，但是他没有接，"我劝你们还是不要去找忧蓝晴空了，我想他也不想和方祺儿见面。即使他就在我们身边，他也不会想见面的，至少这种神秘的感觉很好；如果见面了，想象的空间没有了，也许连网上的朋友都做不成了，因为网络和现实差距太大了。"

这时，方祺儿和枫珍敲门走了进来，方祺儿的手中还拿着忧蓝晴空送给她的木鱼风铃。

她坐到我的床边，然后拿出一把剪刀，开始一下一下剪那条木鱼，边剪边流泪，眼泪稀里哗啦地掉下来，破碎的木鱼也稀里哗啦地掉在了床上，她把那些木头碎片扔进了垃圾桶。

　　她站在垃圾桶边大骂着："忧蓝晴空，你是个大骗子！大笨蛋！大猪头！你是一个与我毫不相干的人，我为什么要找你呀？"

　　我不知道方祺儿这么做是做给段喻看呢，还是做给那个真正的忧蓝晴空看，我都不知道。但是，我敢肯定，她想见忧蓝晴空的目的也许很简单，只是对他给予她的帮助表示感激，或者更简单地说声谢谢。

　　忧蓝晴空在哪里？难道他也像段喻想的那样，永远也不会见方祺儿吗？

5.每个人都有自己的忧蓝晴空

周六,没有课,我就睡了个懒觉,起床时寝室里只剩下我一个人了。

起床后,我发现昨天方祺儿扔木鱼风铃的那个垃圾桶是空的,好像是被谁倒掉了。

此后几天,没有人再提起方祺儿的事。段喻没事就躺在床上发短信;宋时雨没事就到走廊里弹吉他;于星夜还在玩命地翻看一些关于星座的东西,反复对照他和他同桌将来是否能够走上红地毯;苏美达每天晨跑不间断;还有那个神出鬼没的董日町,总是摸不到影子。一切都没有变化,我以为忧蓝晴空从此就彻底消失了。

但是,他又出现了!

被方祺儿扔掉的木鱼风铃又回到了她的床头。

破碎的木鱼被胶水重新粘了起来,断了的线又被打成结连起来,谁也不知道木鱼风铃是怎么回来的。

方祺儿给我看木鱼风铃的时候,还给我看了随风铃一起送回的一张纸条,上面写着这样几行字:木鱼哭了,你真的忍心扔掉它吗?你真的不想要它了吗?忧蓝晴空。

方祺儿看到重新粘好的风铃时哭了,因为她并不是真心想扔掉它的,她是想用这个方法找出那个真正的忧蓝晴空。

通过这件事，可以证明两个事实：一是真正的忧蓝晴空在我们寝室；二是女生寝室里有人在帮助他。

可是，这两个人到底是谁呢？

我和方祺儿对此进行了认真的分析，首先说男生寝室，段喻可以从怀疑范围里排除，剩下的人有我、苏美达、宋时雨、董日町、于星夜。

我可以排除；苏美达对于爱情呀网恋呀一概免疫，所以他也可以排除；宋时雨脑子里只有吉他，不是唱就是跳，他根本就不可能去做一些磨磨叽叽在网络背后骗一个小女生的事；于星夜是书呆子型的，而且有了心仪的对象，也可以排除；现在剩下的只有董日町了。这个人是不久前刚搬入我们寝室的，平时不怎么说话，大家都不了解他，难道是他？

方祺儿又对女生进行了分析，枫珍是我表妹，而且和方祺儿关系最好，她不会搞这种恶作剧的；麦海佳是女强人＋男人婆型，视男生如粪土，不可能会和某个小男生串通一气，搞小动作的，也可以排除；林还语是个胆小、可爱、单纯、善良的女生，虽然不讨厌男生，但与男生交往也不是很频繁，也可以排除；落落是个大大咧咧的女生，她的恶作剧都是表面的，从不在背地里做什么；最后剩下舒雨霖，她属于 e 时代的女生，漂亮、时尚、花枝招展，正因如此，接近她的男生很少，她也不属于和无聊的男生来往。这些人都不会，那会是谁呢？

还有，如果那个忧蓝晴空是董日町，那谁与他合作呢？

一个星期后的一天晚自习后，方祺儿回寝室，刚走到走廊里，她就听到另一侧走廊响起杂乱的脚步声，好像是有人急匆匆地下楼。

方祺儿说，当时她有一种直觉，那个人肯定和忧蓝晴空有关，或者他就是忧蓝晴空；她跑到另一侧楼梯口的时候，脚步声已经消失了。

她回到寝室，打开灯，惊呆了。

床上的木鱼风铃不见了，直觉告诉她，风铃是被楼梯里那个人拿走的。

这天，我躺在寝室的床上看书，宋时雨又开始在走廊里乱弹起了吉他，是周杰伦的《七里香》：

窗外的麻雀 / 在电线杆上多嘴 / 你说这一句 / 很有夏天的感觉 / 手中的铅笔 / 在纸上来来回回 / 我用几行字形容你是我的谁……

枫珍这时敲门进来，说麦海佳有意想和我们寝室结成友好寝室，约我过去谈一下。

我到了女生寝室，麦海佳说希望可以和我们男生寝室搞一次活动，两个寝室一起出去玩一次，也算是在学习之余放松一下，我当时就答应了。

三天后的周末，我们两个寝室的十二个人就来到了市区里的公园游玩。

两个寝室的人第一次出来玩，男生女生们欢声笑语地疯玩，摩天轮、海盗船、碰碰车……

女生们都开心极了，不管玩什么，枫珍都像小孩子一样，尖叫个不停；方祺儿胆小，总是死死地掐着枫珍的肩膀不放。后来，一个男生和一个女生一组，落落和于星夜一组，落落玩得高兴的时候就敲于星夜的头，大叫着："于星夜这边，于星夜那边……"搞得于星夜总是找不着北；宋时雨和方祺儿一组，出人意料的是，宋时雨很少说话，他像变了一个人似的，对方祺儿关怀备至；苏美达一直没有玩什么，站在游乐设备的下面，帮大家拿包。他的脖子上挂满了手机、照相机，样子十分搞笑，游客见他都多看两眼，甚至有人以为他是卖手机、照相机的，还上前谈价钱，搞得大家笑个不停。

中午，大家在一起吃东西，方祺儿坐在我和宋时雨中间。她总是张着嘴巴笑个不停，我不知道她在笑什么。

后来，她大声说："让宋时雨给我们唱歌吧！"

宋时雨好像一点准备也没有，脸一会儿红一会儿白的，但他还是唱了，唱的是《七里香》：

秋刀鱼的滋味／猫跟你都想了解／初恋的香味就这样被我们寻回／那温暖的阳光像刚摘的鲜艳草莓／你说你舍不得吃掉这一种感觉／雨下整夜／我的爱溢出就像雨水／院子落叶／跟我的思念厚厚一叠／几句是非／也无法将我的热情冷却／你出现在我诗的每一页……

宋时雨还没唱完，我们就听到有人在叫："小雨，你怎么在这里？"

我们一愣，谁是小雨？好像是个女生的名字。

这时，我们看到宋时雨身后站着两个中年男女，男人个子很高。宋时雨看到他时眼睛都直了，张大嘴巴，说："舅舅！"

之后，他向大家介绍："这是我舅舅！他们是我同学。"

男人笑容可掬，看了看我们，最后，目光落在了方祺儿身上。方祺儿也呆住了，愣愣地看着男人，慢慢地说："沈医生你好！"

原来，宋时雨的舅舅沈医生，就是为方祺儿做手术的主治医师。

沈医生问了几句方祺儿现在的身体状况，就走了。

沈医生走后，方祺儿和宋时雨都不说话了，在场的每一个人都没有说话，因为那个大家一直关心的神秘人物终于出现了，出现得令人目瞪口呆。

后来，不知是谁第一个说话的，是枫珍，还是落落？我已经记不清了，大家还像以前一样欢声笑语的。

下午，大家又是一顿疯玩，天黑时，两个寝室的男女生又结伴回到了学校。

我们坐的车是那种宽敞而明亮的大巴，夕阳从宽大的玻璃窗透进来，把车里的每个人的脸都映得红红的。方祺儿和宋时雨的脸也是红红的，不过大家猜不出他们的脸是被夕阳映红的，还是本身就是红的。

我坐在他们后面。

我听到方祺儿小声对宋时雨说："有件事想告诉你！"

"我知道！"宋时雨说。

"哦！我已经有男朋友了。"方祺儿尽量压低声音。

……

宋时雨爽朗地笑了笑，好像在掩饰着什么。

方祺儿又说："谢谢你。"

"为什么谢我呀？"宋时雨说。

"不为什么，想谢你就谢你呗！"

"哦，那我也谢谢你！"

"你为什么谢我呀？"方祺儿歪着头笑着。

"因为我在走廊里唱歌的时候你从来都没有烦过，尽管我的歌很难听！"

"怎么会，你继续唱吧，我不会烦的，我们不是邻居吗？"

"好呀，我们以后就做好邻居吧！"

"哈哈……"落落笑着，扔到宋时雨身上一个东西，绿油油的，吓得方祺儿抓着宋时雨的胳膊啊啊大叫。

宋时雨抓起假蛇又给落落扔了回去，说："真蛇我都不怕，我还怕假的呀！"

　　我突然想起很多天以前的一件事，宋时雨在走廊里唱歌，落落往他的身上扔蛇，吓得他大叫着跳上床的样子，原来宋时雨当时害怕的样子是装出来的呀！原来落落就是他的同伙。

　　从这以后，没有任何人再提起忧蓝晴空这个名字，虽然大家都已经知道他是谁了。

　　方祺儿床上消失的木鱼风铃又神秘地出现了，每天依然叮叮当当地响着，落落说这回不是她干的。

　　方祺儿对我说，她认为段喻的想法是对的，我们在网络上认识又何必见面呢？知道有个人在背后默默地关心着你帮助着你就足够了。

　　我问她所说的男朋友是谁，她却笑而不答，我明白了她的意思。

　　方祺儿和宋时雨还像以前一样，偶尔会在水房刷牙时打声招呼，像普通同学一样没有任何变化，但他们的心是否出现了变化就不知道了。

　　其实，每个人的背后都会有一个关心帮助你的忧蓝晴空，不管你是否知道这个人是谁，这个人在哪里，但那份真诚的感动都是无法阻挡的，它无时无刻不在激励着你，鼓舞着你，给你战胜一切困难的力量。

　　方祺儿的忧蓝晴空找到了，你的忧蓝晴空又在哪里呢？你找到他了吗？

Chapter **3**

遇见百分之百相似的女孩

1.手表和神秘女孩

　　事情发生在分校学生回校的那天，为了使那些对我校情况一无所知的学弟学妹尽早融入大环境，校学生会决定由新加入学生会的同学负责接待工作，而我和麦海佳、宋时雨也在其中，任务是在校门口的桌子前为分校学生登记。

　　中午，我们从食堂吃完饭回来，看到一个提着大包小包的女孩正从操场上穿过。女孩长发，穿着白棉布裙子，酷似李心洁。她满头大汗，步子缓慢地走着，看着让人心疼。

　　宋时雨大发善心，要去帮人家，说这是个好机会，作为学长，看到学妹如此惨状不帮一下，那显得多没有风度啊！

　　其实我也正有此意，但是不敢先说。于是，我们走了过去。宋时雨上前说明来意，女孩微微一笑说："谢谢，我自己能行。"

　　女孩笑着说有人帮她，边说边使劲提着大包往前走。我环顾四周，却没有发现一个向她走近的人。

　　我怕她不放心，便把我胸前的学生会胸卡给她看，一方面是想让她放心，另一方面则是更想让她记住我的名字。

　　她仔细看了看我的胸卡，煞有介事地念了念："宁不悔！"又犹豫了一阵子，最后才同意让我们帮她。

我们就接过了她身上的大包，一直把她送到新修建的三号寝室楼下。

走进寝室楼的门，她的几个同学就赶到了，她们接过我们手中的东西，帮女孩拿了上去。望着女孩远去的背影，宋时雨说要是能和这个女孩在一个班多好呀！

我正准备转身离开，突然发现脚下有一个闪闪发光的东西，原来是一块精致的女士手表。我这才想起来，这是那个女孩丢下的！

我拿起手表就往寝室楼里追，结果被看门的老大妈拦住了。她瞪着大眼睛，狠狠地盯着我说："这是女生寝室，知不知道？男生不能进来！"

"可是，我有急事，刚才有个女生丢了一块手表，就是刚才进去的那个！"

"哪个哪个呀？进去的女生多了，别想蒙混过关！你这样的我见多了！"

"就是穿白裙子的女生，拎大包的那个！"

"行了行了，你快走吧，别想混进去！"大妈依然铁面无私。

"这是我的胸卡！我是学生会的！"我要向她表明我的身份。

老大妈眯起眼睛，瞧了一阵，好像没有看到什么，然后又掏出一副老花镜戴上，仔细看了看，像刚才那个女生一样念了句"宁不悔"，拿起笔把我的名字记在了一个小本子上。

我很疑惑："干吗把我的名字记上？"

"防止你冒名顶替，我要核实的。"

"这回我可以进去了吧？"我刚把腿迈进去，又被老大妈拦住了。

"不行！别拿什么学生会来压我，就是校长来了，不经过我的同

意，也别想进去！记住，这是女生寝室，男生止步！"

我想起我们寝室楼的老大妈和我关系相当融洽，便说："您认识一号寝室楼的收发室的吗？她是我大姨！"

"大姨？别冒充亲戚，她根本就没有弟弟妹妹，怎么会成了你的大姨？就算她是你大姨，你也不能进，别和我磨叽了！"老大妈转身而去，不留一点余地。

怎么办啊？应该把东西还给人家呀！放在我们这里算是怎么回事呀！好心帮助人家，到头来人家要是反告我们一状，怀疑我们是小偷，那我们可就惨喽。我们可都是遵纪守法的学生，学生会的干部呀！

无奈之下，只有用出最绝的一招！我站直身体，对着女生寝室楼数不清的窗子，大喊："楼上的女生，谁丢了一块欧米茄手表（我骗人的，手表根本就不是欧米茄的）？"

听到我的话后，有数个女生从窗子里惊喜地探出头来，那个忠于职守的老大妈也从楼里走了出来，恶狠狠地对我说："现在是午休时间，你再喊，我就把你送到政教处去！"

麦海佳要进去，可老大妈还是不让。

"我是女生啊！怎么不可以？"

"万一是小偷怎么办？"

没办法，只有等了，就这样，我们坐在寝室楼下等那个女生，一坐就是一个下午。

麦海佳拿着手机玩命地发短信，也不知道是给哪个傻帽发的，她按键时手指非常用力，眼睛盯着手机屏幕，咬着牙，边发还边发出"嘿嘿"的笑声，令人感觉她的样子不像发短信息，倒像是在上

WC。宋时雨更是过分,没完没了地给一个女生打电话。他蹲在地上,边说话边踩满地正在谈情说爱的蚂蚁兄弟们,不久,他脚下的蚂蚁便已尸横遍野。中间,谁有事谁先去办,但终究会留下一个人守在这里。

我蹲在那里望眼欲穿地盯着楼门,就像猫蹲在老鼠洞口似的,却徒劳无功,直到天黑仍不见那个女孩出现。

最后,麦海佳突然一拍脑袋:"啊,我想起来了!"

"想起什么了?"我问她。

"我好像记得三天前有人说,学校早就把女生寝室楼后面的门打开了,也许她已经从那里出去了。"麦海佳说这话时仍在低头发短信息。害得我们白等了半天,她却一点愧疚感都没有。

我只好把那块表放进自己兜里,但心里却总是放不下,我不知道那个女孩的班级,也不知道她住哪个寝室,真是不该多管闲事呀!

第二天,没有找到那个女孩,宋时雨说:"不悔呀,我们去校广播室吧!广播一下效果也许会好的。"

这倒是个好办法!

中午,校广播室就播出了关于丢表的招领启事。结果,一整天都没有人来领取手表,那个女孩好像在学校失踪了一样。

第三天,依然没有那个女孩的消息,那块表还安静地躺在我的书桌里,像一个被遗弃的婴儿。

第四天,我和宋时雨在食堂吃饭,正在为手表的事发愁,麦海佳像看到外星人似的,两眼瞪得圆圆的,嘴里咬着筷子,左手直指我的身后,"是她!快看,就是她!"

　　我和宋时雨不约而同地转过头，看到在食堂打饭的长龙里有一个穿着白色上衣的长发女孩，正提着饭缸焦急地等待着。虽然她穿着蓝色牛仔裤，但我仍能认出她来，就是我那天在操场上碰到的女孩，就是那个我们帮她拎东西，结果捡到人家手表的那个女孩。

2.本月学校最搞笑事件

我走到女孩面前，她似乎没有注意到我，眼睛直盯着售饭的窗口。

我拍了拍她的肩，她转过身，愣愣地看着我："干什么？"

我递上手表："这手表是你那天丢下的吧？实在不好意思，我找你找得好苦啊！"

女孩的大眼睛眨了眨，若有所思地说："嗯？？"

她的神情先是吃惊，然后是皱眉，最后脸上露出了笑容，她旁边女孩的表情变化和她也是一个顺序，像动画片里的人物一样。

我感觉她好像没有什么异议，便放下了心，说："这回找到你了，记住下次别再丢了！"

突然，我发现女孩的表情有点不对。她笑嘻嘻地看着我，露出雪白的牙齿，拍拍我的肩："同学，不要这么老土好不好？这表根本就不是我的。"

她旁边女孩很是不屑地说："现在追女孩子居然还有这么弱智的，不过还真肯花钱，拿这么好的表来诱惑人家。"

听到这话，我的整个头部加整个身体的温度近乎达到了50℃，她怎么能这样说我？！

"你要看清楚哦，这块表真不是你的？"我说。

48

"我从来就没有见过这块手表，你拿回去自己享用吧！无聊！"女生转过头，继续焦急地望着售饭窗口。

身边的男生女生静静地望着我，我深刻体会到了无地自容是一种什么感觉，就像马戏团的猴子一样可笑。

我手中用力地攥着那块讨厌的表，扭头便走，身后一阵爆笑声。整个食堂，数百双眼睛直射到我这个学校大名鼎鼎的宁不悔身上。麦海佳和宋时雨气得拎着饭盒就走了，身后一阵阵此起彼伏的哄笑令人毛骨悚然。

不知是哪个乌鸦嘴把食堂事件告到了学生科老师那里，结果我挨了一顿今生未有过的批评。老师说作为一个学生会干部怎么能做出这种丢人而且有损学生会形象的事呢？就连普通学生也不会干出这种傻瓜一样的事呀！

我被勒令写检讨，停止参加学生会各项活动一个月。据多方传闻，这次食堂追女孩事件被列为本月学校最搞笑事件，我成了最大的笑料。

我恨透了那个女孩，她怎么能做出这种事呢？难道她是有意捉弄我？可她也不能拿这么好的一块表开玩笑呀！我百思不得其解。

麦海佳说既然她不要，表就据为己有吧！白捡一块表也不是一件坏事，可表的主人会不会是另有其人呢？如果真是另有其人，怎么播了三天的通知也没有人来领呢？

这天，班长苏美达告诉我说物理老师找我。到了办公室得知，本月有一个全市中学生的物理竞赛，老师认为我虽然综合成绩不是最好的，但物理却是全班最好的，所以，经过与班主任米星希商量后，准备让我参加这次比赛。我客套了几句，谢谢老师厚爱什么的。我想我也该好好研究一下正事了！

从第二天开始，只要我没课就去物理老师那里研究题型。物理老师是个中年妇女，性格很开朗，是个很受学生欢迎的人。

她用手扶了扶眼镜，深深地看了我一眼，说："宁不悔，怎么搞的？出了这种事情，也太不注意了吧！"

我低着头，红着脸，看着物理题，"老师，连你也知道这件事了？"

"其实也没有什么，正处在青春发育期嘛！但是，你要知道啊，爱情的苹果不是你到树下就能砸到头顶上的，慢慢来，慢慢来！"老师边说边翻开厚厚的物理题。

老师的话把我感动得要死，她好像我妈呀！我连连点头，不小心把不知是汗水还是口水的东西滴到了物理题上，弄得上面脏兮兮一片。坐在不远处的一个老师以一种莫名其妙的眼光看了我一眼，失望地摇了摇头，好像在说：就这德行还能参加全市物理竞赛？

后来，我回班里做物理题，做完后，坐在教室的角落里发呆，透过窗子可怜兮兮地看着别人打篮球。我感觉自己是世界上最倒霉、最郁闷的人了。我想打篮球却不能出去，因为我一出去就会引起围观的，他们会说，"看啊，这就是那个用手表勾引女生的男生。"

晚自习时，我坐在学生会的办公室里做物理题，麦海佳气呼呼地走进来说门外有人找我。我出门一看，正是在食堂里取笑我的那个女孩。

她看我出来，笑着说："宁不悔，我终于找到你了！"

我没好气地说："你来找我干什么？我还有事，不奉陪了。"说完，我扭头就要走。

她拦住我说："实在对不起，你等一下好吗？其实是有原因的。"

我不耐烦地扭回头，"你说吧！理由不充分我还得走。"

"这块表是我那天丢在楼下的，可昨天才发现，这些天我一直不在学校，所以没有听到你播的招领启事。"

她这么说，令我很疑惑："那你为什么在食堂那样对我？"

"食堂的事可与我无关呀！"女孩急了，"那天食堂的那个女孩不是我，是我的妹妹！"

这时，麦海佳和宋时雨都来了，麦海佳终于忍不住了："别再胡说八道了，我们宁不悔虽说笨点，但也请你尊重别人人格！你的小把戏我早就看透了，猫哭耗子假慈悲！你看你后边！"

我这才注意到她的后边，几个女孩在楼梯口那里正不怀好意地看着我们。之后，大笑着跑掉，女孩也回头看到了她们。

"你们怎么能这样？"她大哭着跑掉。

真是令人不可思议，这个女孩到底是什么心态呀？怎么会这么无聊捉弄我呀！我认为这里边肯定有内容，因为我敢肯定，女孩跑掉时的眼泪是真实的。

3.本月最倒霉日子

　　那块表依然放在我这里，但我有点放心不下，一直拿着人家的东西多不好呀！我决定去找她。

　　前几天我已经查到了她的班级和她的名字，她叫成珊。

　　我直接到她们班找她，她当时正在教室里和一群女孩子闲聊。我说找成珊，门口的女孩子就冲着里边大喊："珊珊，那个叫宁不悔的又来找你了。"

　　听到女孩说完这句话，我突然后悔了，因为我预感到自己好像又上当了，我又将陷入她们的包围圈了。

　　这个叫成珊的女孩走出来，一脸傲气，十分轻蔑地望着我说："我说过这块表不是我的了，你不要用这么下流的方法骗我。再缠着我，我就要向学校反映了！"

　　我气得忍无可忍，这是什么人呀！

　　"你昨天不是亲自到学生会来找我，向我要这块表吗？你这个人怎么出尔反尔？"我说完把表塞到她的手里就走了。这下总算出手了，表给了她就什么事情也没有了……

　　中午，宋时雨通知我，说学生科的老师找我。我见到学生科老师，那块表安然地躺在他的桌子上，一副不关我事的样子。老师这次近乎歇斯底里了，说什么人家班主任都找上门来了，说我骚扰女同学。我把事情原因向老师解释，老师根本就不听，说我那是借口，还要找我家长面谈。

我一头雾水地坐在窗边，那块表还是躺在我的桌子上，我抓起表，真想把它摔个粉碎。

可是我不甘心，我一定要把事情查清楚，这到底是怎么回事呢？

这时，麦海佳气喘吁吁地跑了进来，说："你知道吗？我们学校里有两个长得一样的女孩。"她说就是我捡到手表的那个女孩，另外还有一个女孩和她长得一模一样，听人说她们俩是对孪生姐妹，不管是发型还是衣着都是一样的。所以，一般人轻易认不出来。我捡到表的那个女孩叫成怡，在前面的一号楼上课，所以到现在才被人发现。这回算是放下了心，明天可以把表送出去了。

第二天中午，班长苏美达走进教室递给我一封信，信封上没有寄信人地址，只有收信人的地址，邮戳是昨天的日期。信封背面写着"独自一人时看"。

信的内容如下：

宁不悔：

你好！

非常对不起，我就是那天你在寝室楼下遇到的那个女孩。你手上的那块表是我的，来学校那天不慎给丢了，幸好被你捡到。那天，我去你们学生会拿表，却发生了那么不愉快的事情，我想你是错怪我了，这一切都是场误会。那个和你作对的女孩是我的孪生妹妹，对于她对你所做的一切，我向你道歉。你真是一个好人，真的，其实我一直就很佩服你，要是别人，这表早就不知去向了。希望你能和我见面，我们应该好好谈一谈，我想当面说声对不起。而且，我想我们还需要更多地了解对方，请于 1 日下午晚自习后，英雄电影院门口，我等你。

关注着你的女孩　成怡

合上信，我的心跳不知不觉加快了，这不是明摆着约我吗？也许是我这些天诚实、正直、英俊、潇洒的形象把她打动了吧！况且，我还是全校比较罕见的物理尖子，这她不能不知道吧！我在同学和老师心中的形象已经都没有了，我何不假戏真做呢？丧失名誉，却能得到一个女友，也不错啊！将错就错吧！

麦海佳和宋时雨要看信，我美滋滋地不让看。麦海佳说："不给我们看，以后发生什么事可就只有你自己承担了，我们再也不帮你了。"

我假意道："不帮就不帮！"

我准时赴约，成怡果然在电影院门口等我。她依旧是短发，穿着白棉布裙子，漂漂亮亮，可爱之极，这就是我未来的女友吗——我开始想入非非了。

接下来，我们都十分拘束，不知道说什么是好，电影看到一半时，我傻呆呆地说了一句，"电影不错啊！电影不错啊！"

成怡听到这话不住地发笑，偶尔看看我，也不说什么。我觉得奇怪——有什么可笑的呀！不过见到她的笑，我感觉很熟，但是总是想不起来像谁呀！

54

她问我："我妹妹那么捉弄你，你生她的气吗？"

我说："都怪我笨，总认错人，把你认成她，把她认成你，这回再也不会了。"

我们继续看电影，她双手环握着一瓶绿茶，偶尔轻轻呷上一口。又过了一会儿，她转过头说："我妹妹要是知道你和我在一起看电影，非气死不可。"

"那是当然了，气死她就一了百了了。"我十分得意地点点头。

电影看到一半时，我突然发现四周坐的人头发怎么都那么长呢？好像都是女生呀！

从前排的长头发女孩就可以看出来，坐了三四个，清一色的女生。

等我再次和成怡说话的时候，我发现前面居然有两人捂着嘴笑，那两个人笑得把头都靠到了一起。

我用手推了推前面的女孩，我说："快演完了！"

那女孩头也不回，根本就不知道是我在拍她，她笑嘻嘻地说："什么演完呀！好戏还没开始呢？"

当我看到那个女孩的脸时，我差点想一头撞死，居然是成怡（成珊），四周坐的一排全都是成珊的同学。此时，她们都转过头微笑着看着我，露出一排齐刷刷的雪白牙齿，我突然有种陷入水深火热之中的感觉，如坐针毡。

坐在我旁边的女孩，我已分不清她到底是成怡还是成珊，她笑着看着我说："真是对不起，我是成珊，前面的那个才是成怡，今天是愚人节，你不知道吗？4月1日！"

我站起身，冲着她大喊："你们太过分了！"之后，狂奔出电影院，我的命好苦啊！

4. 女孩恐惧症

我全力以赴准备参加物理比赛，不敢出教室，不敢出寝室，任何人叫我出门我都不敢出去。我不敢参加任何人多的聚会，更不敢和女孩说话，更不敢碰那块手表。

麦海佳说我可能得了一种新型疾病——女孩恐惧症。

我想也是。我痛苦万分，认清了一个道理，千万不要轻易去赴约会呀！赴约会是一件很危险的事情。

三天后，阳光明媚，成怡和成珊到我们寝室找我，说是向我道歉。

当时，我正窝在被子里看书，因为感冒，头痛得厉害，一把鼻涕一把泪的。她们站在门外敲门，我就是不开。

后来，是宋时雨把门打开的。成怡、成珊两姐妹以及隔壁寝室的女生都进来了。

成珊说这一切都不是恶意的。当初，那块表确实是成怡所丢，也确实是在丢了两天后才发现的。后来，得知表落到了我的手里就放心了，因为听一个人说我这个人除了研究传奇、物理题时头脑聪明外，其他时间都处于超级笨的状态，思维方式基本上处于直线。所以，就想借此机会捉弄我一下，看看我到底笨到什么程度。可我就是无法相信这一切是真实的，我问起成怡那天流的眼泪，她俩都笑了，说那

不是眼泪，是用来保护视力的滴眼液。

我有点不甘心，就问她们那个说我笨的人到底是谁。成怡站在我面前，用手指轻轻地向她身后指了指；我向后一看，差点没把我气死，原来是麦海佳。

"麦海佳，你们竟然合伙骗我！她们两个给了你什么好处啊？"我嗓子都哑了，说话时显得有些声嘶力竭。

"没有给我好处，她们是我表妹，就像你和枫珍一样。"麦海佳扬扬自得地说。

"啊？又是表妹？"

"是的，表妹。"成怡、成珊露出印章一样整齐的笑容。

"你还记得当初在女生寝室楼下时我发短信吗？那些短信都是发给成怡、成珊姐妹的。"麦海佳说着还拿出手机向我展示内容。

我这才想起捡到女孩手表那天，麦海佳直到天黑才说出寝室有后门，还有成怡、成珊明知我这里有手表却不来拿，这一切都是她们预谋好的。

我把表还给了她们。都是手表的错，但也感谢手表让我知道，如果下次再遇到类似的事，我就不会这么幸运了。在我们这种以学习为主的学校里，像我这种笨笨的男生，不下几百名。

该改变一下我的思维方式了！说改就改，从现在就开始吧！

Chapter **4**

爱上菜青虫的青蛙公主

1.下水道中捡个青蛙公主

　　我给那个准备采访我的女生打电话，没想到她竟然关机！是她主动托苏美达约我见面，谈什么关于篮球比赛安排情况，她却爽约，看来这个女生还是不认识为妙。

　　放学回家的路上，天闷热得出奇，道路因为施工而显得异常狭窄，更令我无法接受的是，我前面还有个胖乎乎的女生走路慢得像蜗牛。走着走着，体育老师打电话给我，和他聊完几句再一抬头，那个女生早已不知去向。我心中暗喜，刚把脚迈出去，还没落地，就听到脚下有人在说话："喂喂，没看到下面有人吗？"我吓了一跳，低头一看，原来脚下是一个未施工完毕的下水道，一个圆脸女生呆呆地望着我，她就是刚才走在我前面那位。

　　"啊！你没事吧！什么时候掉下来的？"我问她。

　　"10秒前吧！"

　　"摔痛了吗？受伤没？"

　　"没有，快拉我上来吧！"

　　我拉她上来，她自言自语道："第三次了！"

　　"第三次？什么意思？"

　　"我已经掉进去三次了！"她淡淡地说，就像吃过三个冰淇淋一样习以为常。

"同一地点吗？"

"是的，我走路爱听歌，这个地方又施工，所以就经常掉下来。"

"掉三次没受伤？"

"当然没有了，你没看到下面有沙子吗？"

近两米深的坑掉进去居然没事，真是不可思议！记得幼儿园时有个小女孩特别粗心，经常掉进幼儿园旁边的小水沟，也是掉了三次，也是我拉她出来的，记得当时她的手软软的，现在想来好甜蜜。

她说："把你手机借我用一下。"我把手机给她，她开始打电话，怕我听到，还跑到街对面。我想可能是女生悄悄话，就在街这边等她。街边的电子显示屏放着谢娜的《菠萝菠萝蜜》，没想到我只看了一眼，回过头来发现，那个女孩已经消失不见了。

天哪！我的手机，她拐走了我的手机。

我跑过两条街仍然没有找到她，等我回到原地的时候，路边卖杂志的老大爷说，那个女孩早就打的走了。

我突然想起，女孩穿的衣服是我们学校初中部的校服。难道是校友？

这天晚上，我的 MSN 加进了新人，打开一看，是个名叫"青蛙公主"的。她给我留言："菜青虫（我的网名），今天有急事，明天奉还手机！"

第二天，我一到走廊就听到班级里乱哄哄的，只看到一群同学围作一团，嚷嚷着什么手机图片。我突然想起，我的手机里还存着篮球比赛时偷拍校花的照片，难道那个女生把手机里的照片给同学们看到了。天哪！我发疯地冲过去夺过手机，却发现手机不是我的。我刚要放下，却看到手机里竟然有我的照片，一张张我在街上奔跑的照片，样子傻乎乎的，"这是谁干的？"

"是我！"说话的是昨天下水道中的女孩。她把我的手机递给我："真对不起，昨天有急事，走得太快，走的时候，就拍了几张你照片。"

我拿过手机，想给我妈打个电话，却发现手机已经欠费停机。

"真对不起，昨天我晚上回家时迷路了，所以，就一直用你的手机打电话问路，真不好意思！"说完，她递给我一张纸。

"这是什么？"

"关于篮球比赛的采访稿啊！"

"你是那个失约的主持人？"

"是的。"

我要疯掉！我刚要说不同意，她却突然走近我，小声说："你不会说不同意吧？你不是喜欢小菲（校花的名字）吗？如果你不同意，我就去把这件事大声告诉你班里所有的同学。"

"啊？你威胁我？"

"你不同意？告诉你，我爸爸可是警察！"

"警察？有什么了不起！"我转念一想，好男不和女斗，说"好吧，我同意！"

之后，她说："那好，你大声说出来，我同意！"

我大声说："我同意！"

她又递给我一个字条让我念，"70 珍德无爱泥，蛋是喔失衣织珠！"我刚说完，全班哄堂大笑！

转身之间，她已无影无踪。

我一脸木然，苏美达悄悄地过来，对我说："呵呵，小子，你被耍了！刚才，陶子和我们打赌，说她会娶你，问你你也会同意的，没想到你真同意了！"

陶子，这个邻班女生，我们就这么认识了。

2.同学聚会被困记

第二天，我从苏美达那里知道，那个可恶的女生叫陶晴，我决定从此再也不理她。

我关掉了手机，她到我班里找我，我也不出去。

这样，过了三天，她好像知难而退，不再去班里找我。

我本以为事情就此过去，可是另一件令我无法接受的事情又发生了——关于我喜欢校花小菲的消息不胫而走，特别是我手机里那些偷拍的校花照片在同学间广为流传起来。小菲知道此事后非常气愤，上网加了我的 MSN，扬言：如果我不交出手机，就告我侵权。

不仅如此，学校那些暗恋小菲的男生也开始视我为公敌，特别是那个叫小胖的家伙，我站在操场上待不到十分钟，他的狐朋狗友就会有如足球、臭鸡蛋、绿茶瓶子等"凶器"飞来过，并准确击中我的脑袋、身体，更有甚者，还在我班的门上贴纸"懒青蛙嘟嘟！"

我去找陶晴讲理，她却不知去向，无奈之下，我向她同学传话给她，我愿意上她的节目。

此言一出，第二天，她就出现在我的面前，我也服服帖帖地随她到校电视台，被其"折磨"两个小时。我刚回到班级，她又打电话给我，让我去食堂旁边的学校后门等她。还声称，如果我不会，后果会很严重。就这样，我又被她"劫持"去参加一个同学会。

他的同学家住得极其偏僻，拐了很多条街之后才到达一个八十年代的红砖筒子楼。

进了屋子，我看到的是和我年龄相仿的学生，女生很多，男生只四五个，而且个个长得面目可憎，丑得惊天地泣鬼神。我问她："这是什么同学呀？怎么都长成了这个样子？"

"要你管？"她小声说完，突然用她冰凉的小手拉起我胳膊，招摇地走进了聚会的人群中。

那些学生像看到恐龙一样呆呆地望着我这个异类。我悄悄地坐在角落里，心想她这个人肯定是精神有问题，我和她什么关系都没有，竟然对我百般摆布，太可恶了。

音乐响起，这个鱼龙混杂的屋子开始变得更加光怪陆离。

我窝在角落里昏昏欲睡，不知过了多久，突然，音乐停了，房间里鸦雀无声。

我睁开眼睛，看到她竟然坐在我的旁边，含情脉脉地望着我，眼睛离我只有 16.8 厘米，我问她干吗，她却突然坏笑一声，嘿嘿～～～～～

然后，她突然拉起我的手，高呼："这是我的男朋友！"

顿时，整个屋子的人欢呼一片，几个男生女生拉着我，硬要我表演节目。我表演完节目，他们还不罢休，硬要我和她共唱一首歌；更可恶的是，又突然停电了。

这时，不知谁大喊了一声"着火了！"

顿时，人头攒动，大家一齐向外冲出去。因为她的裙子被桌子卡住，我们两个却被落在最后，更可气的是，最后出去的家伙竟然将门反锁上了。我们哪也出不去，我打手机求救，却发现手机也没电了。

我和她坐在沙发上，沐浴在月亮中，她说"我说你是我男朋友，你不会生气吧！我是个很自卑的人，我只是想证明还是有人喜欢我的而已，你不会因此而讨厌我吧？"

她说话的时候很忧伤，我第一次发现她如此可爱。

3.街头PK与奇特绑架案

不知过了多久，那个锁门的同学终于回来了，我这才知道她是陶晴的死党，但她却矢口否认是陶晴让她反锁门的。

在回家的路上，我背着陶晴，送她回家。

路上，她问我："你说如果一个人在一件事上错了三次，她该怎么办呢？"

"那她就会在下水道里被臭气熏死！"

"你好恶毒哦！"她嘿嘿地笑，在我背上像一只小猫。

送她回到家以后，我却发现我们两个人穿错了旅游鞋。我给她打电话，她没开机。

第二天，我们怕别人看到，便在走廊经过的时候交换了鞋子。没想到，我拿出鞋子的时候却发现她又搞错了。她竟然把自己的另一双旅游鞋还给了我，我们两个人的鞋，仍然阴差阳错地一人一只。

上课的时候，她发短信给我，说鞋子就那样吧！不用换了。

这天放学，在半路上，我看到了在学校里偷袭我的小胖和另一个男生，决定先下手为强，偷袭他们。刚开始，我以为他们只有两个人，可交手不到五分钟，又不知从哪里冒出了十几个家伙。我想逃掉，却发现自己已身陷重围，失策了，失策了！

　　我知道这场街头 PK 我会挂掉的，可是，可是，嘻嘻! 这个时候警察来了。

　　我们到了派出所，小胖那些人异口同声说是我先打他们的，还弄了一些莫名其妙的伤口给警察看。

　　那个警察不到五十岁，长得又黑又壮。他看到我书包鼓鼓囊囊的，以为装有什么凶器，硬要检查。

　　他把我的包倒在桌子上，看到的是陶晴的那双旅游鞋。

　　警察拿出鞋子眼睛一亮，仔细端详一番。我心想，一双女生的旅游鞋有什么好看的。他不仅看鞋，还把鞋垫抽了出来，近距离研究，似乎还有用鼻子闻闻的不良企图——真是个变态!

　　突然，他扬起鞋垫，"啪"地一拍桌子，对我吼道:"说，这只鞋是从哪里来的?"

　　"我同学的? 怎么了?"

　　"你同学的? 是叫陶晴吧?" 警察眼珠子快掉了出来。

　　"你怎么知道?"

　　"这只鞋垫是我昨天早晨给她买的!"他指着鞋垫上的那只 KITTY 猫图案，"你竟然拿我女儿的鞋?"

　　"是她送给我的!"

　　"什么? 我不信。"说着，警察拨通了陶晴的电话。可是，接电话的却是一个男人:"你的女儿被我们绑架了，如果你要是想见你女儿，那么就请你往这个号里汇……钱! 否则，你就永远也看不到你的女儿了!"

　　警察大发雷霆:"好啊，你竟然绑架了我的女儿? 臭小子! 你不想活了吗?"

　　啊? 怎么可能，我忙打陶晴的电话，可是，她的电话竟然又关机了。问学校，学校也不知道她去哪儿了，家里电话还没人接，难道她真的被绑架了？

警察抓起电话，打给局指挥中心，指挥中心也证实，有一个十七岁女孩刚刚被绑架。

陶晴的父亲变得暴跳如雷，他像拎小鸡般抓住我的胳膊就要发作，被他的同事拦住了。

更准确地说，不是他同事拦的，而是他同事的小孩子，那个小孩子目不转睛地望着我，说："我认识他！"

"啊！"不会吧，我心想，这下我可完了，今天真是走了狗屎运！

陶晴爸爸忙问我是做什么，小孩说，在姐姐的光盘里见过他！他是学校里打篮球的！

我想起陶晴对我那两个小时的"折磨"。那天，那个小孩去陶晴家玩，当时，陶晴正在整理在学校采访我的视频资料。没想到，他只看我一眼就记住了。

尽管如此，陶晴爸爸仍不放心，继续给她打电话，终于她的电话通了，手机里继续是那个声音："你的女儿被我们绑架了，如果你要是想见你女儿，那么就请你往这个号里汇……钱！否则，你就永远也看不到你的女儿了！"

声音过后，接电话突然换成了个女声。陶晴爸爸急了："你快放了我的女儿！"

"这么晚了还不回家吃饭，喊什么？"陶晴爸爸呆了，原来是他老婆的声音。他愤怒的声音马上变得轻声细语："怎么不接家里电话？"

"在厨房做饭，哪有时间接电话！"

"陶晴呢？"

"在我旁边！"接着，电话里传出陶晴的声音："爸爸！"

原来，那句酷似绑匪的录音其实是陶晴从网上下载的彩铃。

我开始大声呼叫："陶晴，快来救我！"

她听到了我的声音后，向她爸爸证实了我的身份。陶晴爸弄明白一切后才放了我。

这件事过了三天，陶晴爸爸打电话找我，声称要我吃东西，可能是粗暴对待女儿同学有失面子吧！我哪敢还见他，我可怕再被他折磨一番。后来才知道陶晴爸是被陶晴逼来的，真没想到一向粗心的她还会这样，如果她能一直这样该有多好啊！

4.尴尬的电影体验

一天上课，陶晴她突然发来短信："小菜，这几天不找你玩了，快考试了，我要学习喽，你也要努力哦！考完试我们去看电影！"

我们遵守诺言，尽管我们的班级只一墙之隔，但由于自习超级多，一个星期都未必能见面。即使在走廊碰到，她也是莞尔一笑，做出胜利的手势。

想不到，她会突然安静下来，考试的前一天，她发短信给我说："你是那只飞到井边的鸟，遇到你以后，我不再是整天坐井观天的青蛙公主！"

看到那条短信，我有种说不出的感动。

考完试以后，她果然取得了不错的成绩。为了庆祝，我请陶晴去看电影，结果在电影院里却碰到了班主任米星希，我们本想逃走，没想到他很大方地邀请我们一起看电影。

这是米星希和他的相亲对象第一次看电影，他的女友也是我们校新来的老师，长得奇丑无比，不过，我和陶晴还是满脸堆笑，以师母礼遇她，可她却不买账，对米星希说："你学生的女友很漂亮哦！"米星希不语，我尴尬至极，陶晴的脸红得一塌糊涂。

那个女的仍不罢休："咦，小女孩怎么脸红了？早恋很正常的事，我上中学时，也经常和朋友到这里来看电影的，坐的就是你们现在的位置！"

我发现米星希强忍着愤怒不发作，陶晴如坐针毡，小声说这个女的精神一定有问题。

我想离开，怕离开后米星希更尴尬。于是，四个莫名其妙的人坐在一起看《爱情呼叫转移》，米星希还请我们吃爆米花。事后，陶晴还对老师的女友品头论足一番。

我还自以为乐，没想到第二天，我就被米星希叫到了办公室"喝茶"。米星希没有直接说我，只是轻描淡写地陈述早恋利弊。他说话很轻，却句句刺到我的心里，我一个劲地点头。我想向他解释，我和陶晴没有什么，更没有影响学习，但是，我没有说，因为我知道我说什么都枉然，而且我和陶晴又不是真正意义的男女朋友。

没想到，不到一个星期，那个女人竟然调到陶晴班做班主任。更好笑的是，我去陶晴班找她时，米星希女友对我分外热情，小声说："找你女友啊？"

我语无伦次说不是，当她大声把陶晴喊出来时，我早已逃之夭夭。

有一天，我去老师办公室，看到陶晴正在陪米星希女友上网，教她如何上传图片，粗心的陶晴做起事来还是很认真的。但是，不到第二天，陶晴的老师就又把她找去了。因为，陶晴一不小心错把其他老师的结婚照当做米星希女友的照片传到了网上，搞得米星希女友的同学以为她整容了。

5.陶晴就是林晴

放暑假的时候，陶晴的爸爸给她找了个家教，我多少天都看不到她，我就托那个家教帮我给陶晴捎东西。可恶的是，那个家教从中缩水，每次我给陶晴送的东西，他都会偷吃一半。我本想教训他一顿，不知怎么，那家伙竟然也调到我们学校当老师。我一气之下，在他上班的第一天，就把他的车子弄爆胎了。后来，我借故到老师那里拿东西，就顺心牵羊把他定的盒饭偷了回去，拿给陶晴吃，当然这种事情我只干了一次。直到后来，我们才发现冤枉了那个老师。那个吃下我的东西的人，竟然是陶晴的表妹。当然这是后来她告诉我的。

暑假的一天，她晚上打电话给我说她把自己弄丢了。她不识路，我只好出去找她，直到晚上十一点，我才在跨江大桥上看到她。当时，她像只流浪的小猫，浑身上下被蚊子叮得满是小包。我问她为什么不打车，她说身上没有钱。我问她为什么走这么久，她说自己也不知道，和同学出去玩，就把自己搞丢了。

我问她，是不是又和同学去玩了。她说不是。

我很生气："不是，怎么会走这么远呢？又是参加同学会？"

"真的不是？我最近一直在学习，很久没有参加同学会了！我为什么要对你撒谎呢？"

"那你为什么这么晚出来呢？你知不知道，我很担心你的安全。"

"我知道，但是，我真的不想说，至少现在不想说，可以吗？"

"可以！"在她家楼下，我们没有说再见，就各自分开了。可能出于对她的怨气，在她叫我的时候，我没有回头。

"小菜，明天，明天，我不会再出去了！"

我毅然决绝地离去，过了一个星期，我都没有给她打电话。

她给我发了无数条短信：

"小菜，你在做什么？我一直在想你。"

"小菜，这些天我很听话的，我没有出门，我一直在看书，这样可以了吧？你还在生我的气吗？"

"小菜，可以原谅我吗？""我真的没有对你撒谎！"

"暑假快结束了，我们一个月没见了，看过《春天花花同学会》吗？其实，有一件事，我想告诉你，我们是幼儿园同学，我就是那个经常掉进小沟又被你拉出来的小女孩。"

幼儿园同学，那个小女孩会是她？可是，我清晰地记得，那个小女孩姓林，不姓陶啊？她又在撒谎，说不上是从哪里打听到我的消息。

我依旧没有理她。

夏天快要结束的一天，米星希老师要我去学校取一些开学用的书，我在他的桌子上看到一封信，一看信封上熟悉的字体，就知道是陶晴给我的。拆开信，里面竟然是一张已经斑驳的黑白照片，是我幼儿园毕业时的合影，里面还有一张纸条："小菜，我是陶晴，也是林晴，这张照片是我那天夜里从已经退休的幼儿园林老师那里拿来的，想给你一个惊喜，可是你却不相信我！"

难道林晴就是陶晴？

6.我一直在想念你

我打电话给她，彩铃是我很喜欢的《希望》："张开将单飞的翅膀 / 背负了离情依依 / 和每个人梦想的行李 / 现在我只想告诉你 / 我会一直爱着你 / 实现你的希望 / 疲倦的时候想着你 / 就擦亮我的梦想 / 我会永远爱着你 / 不会让你失望 / 你的爱是温暖我的力量"

她接起电话，声音吵哑，听到我的声音时，她在那边哭了。

我的心也是酸酸的："为什么不早点告诉我？为什么？"

过了好久，她才说，明天你还会来找我吗？

"会的，会的！"

……

开学的前一天晚上，我们在电影院看那场《春田花花同学会》。那天夜里，我第三次背她回家，她在我的背上说，暑假里，她很乖的，一直在学习。她还说，她曾经做了一个梦，梦见我自己变成了一只青蛙，坐在井里望着天，如果一辈子当只青蛙该有多好啊！

"你真的是那个掉水沟的女孩林晴？"

"当然！"

"你撒谎，你姓陶，怎么会姓林？"

"嘻嘻，当时，我本来是姓陶啊，但是，我当时为了让你什么事都听我的，就对你说我姓林，因为老师也姓林？"

"啊？那个时候你就会骗人？"我放下她，自顾自地走开。

其实，关于林晴的事，我打过电话给小学同学的。他证实，林晴在小学毕业的第二年就出车祸离开了人世。至于陶晴，我和她确实在一个幼儿园，但却不同班，我不想揭穿她，因为我知道陶晴是真的喜欢我。

许多年以后，陶晴才说出真相，我们在幼儿园时，她就喜欢上我了。因为我妈总给我带各式各样的水果，她不知道当时是因为喜欢水果而喜欢我，还是因为喜欢我而去注意那些水果，至于我拉林晴上来，她也曾亲眼目睹，否则，不会大胆冒充的。

她追过来，我也不理她。我想如果她再过十分钟还不过来，我就追过去找她。

结果，她真的没有过来，我的心有点浅浅的痛。

我转过身，午夜的大街空空如也，可能她早已回家了吧？

就在这时，我突然听到脚下有人说话，我低下头，看到一只手从下面伸了出来。

仔细一看，原来是陶晴。我看看四周，原来，我们又走到了学校附近的那个下水道。

她气喘吁吁地说："你为什么走那么快啊？我掉进下去你也不救我？"

天哪！这已经是她第四次掉进去了！

我第二次把她从下水道里拉出来，这次她没有以前那么幸运，她的腿摔伤了。

她的手温暖而柔软，像只小猫，让我想起幼儿园时林晴的手。

陶晴爬上我的背，说，"你知道吗？我曾经许愿，将我从下水道拉出的人，就是我的青蛙王子。当我知道你就是幼儿园的小菜时，我真的感到自己是世界上最幸福的人。"

"我知道，其实，这么多年，我也一直在想念你。"我淡淡地说，可惜她不是林晴。

"小菜，这个夏天马上就要过去了。"陶晴忧伤地说，"哎呀！我整天只知道想你，都忘记学习了！"

"什么？"

"怎么可能？逗你的，我一直在努力学习哦，很乖的，就像一直在想着小菜一样。"

陶晴，小菜也一直在想你的！

Chapter **5**

独臂将军的"隐身术"

1.三次较量

独臂将军难道真的有隐身术？要不她怎么会知道我们所有的秘密行动呢？

寝室里会有监视器吗？不能啊，这个仅容八个人的房间，巴掌大的地方，会安什么监视器呢？上个月搬进来的董日町，从小就对电子感兴趣，据他说，这房子里根本就装不下监视器呀！

忘了介绍一下，"独臂将军"乃我校之政教主任，因其总爱将一个手臂背到身后，正面看此人便是独臂，故得名"独臂将军"。

时间：某月 8 日

事件：我、宋时雨、苏美达、段喻半夜潜入学校的微机室偷着上网三个小时（钥匙是事先配好的），出来进去均无一人发现，可最后还是被独臂将军发现。

惩罚内容：清理微机室一周，打扫五楼男厕一周，集体罚站两小时。

时间：某月 12 日

事件：我、段喻、霍菲因去招待"锅灰"的几位乡下老友，吃完饭后，又去看电影、上网、打桌球、蹦迪，直到午夜才回来。因我们与看门老大妈有深厚的友谊——曾送过她一只烤鸡，十五盒冰激凌、八听可乐，故畅通无阻地回到寝室。全校都睡得像死猪似的，寝室里其他兄弟也鼾声如雷，却终究还是被独臂将军叫去"喝茶"。

惩罚内容：我们三人被强迫加入青年志愿者服务队，到几个老头子老太太家干活。

要我这样英俊潇洒的帅哥给那个老头子擦脚，我尽管想吐，可还得装出笑脸，伸出我白净的手去擦老头子黑糊糊的脚丫子。离开时，那老头子用他那老树根一样的手死攥住我的手，鼻涕一把泪一把，感动至极地说："孩子！我儿子都没像你这样为我洗过脚呀！真是比我的儿子还亲呀！！"我这人虽然嘴里对老头恨之入骨，但是从本质上来说还是尊老爱幼的，因此并没有表现出不愿意，只是轻轻地去拔我的手，可他仍是抓着我的手不放。无奈之下，我只好用力一甩，结果，我的手拔出来了，老头子却一屁股坐了下去，差点儿没把我吓死——要是摔出个好歹我不还得出医药费吗？幸好没事儿，他倒在了自己的床上。

出门后我还心有余悸，一想到我的手被那老手攥过，心里就恶心得不行。尽管如此，我还是要举那写着"青年志愿者服务队"的破旗，街上的人用一种"那娃是谁家的"的眼光看我。一周里，这样的事我共干了两次，最后，练到为人刮胡子都不吐的地步。我想孕妇干这事最有帮助，既可以减少妊娠反应，又可以使肚子里的宝宝接受公德教育，这叫"一个人做好事，受益两代人"。

时间：某月 23 日

事件：全寝室兄弟与隔壁女寝经过亲切友好的会谈后，在我班教室为女寝"室花"舒雨霖同学举行盛大的烛光生日晚会。晚会后，我们全寝室兄弟留下打扫现场，在打扫的过程中，苏美达不慎将一支蜡烛碰倒，将老师讲台上的桌布给烧了。为此，我们忙碌了整整一个小时才将现场清理好，我还献出了我那唯一一块桌布——当老师的桌布。为此我心疼不已，因为那块桌布是我心仪已久的辫子 MM 殷琴琴送给我的。临走时，全体兄弟举起左手宣誓（因为右手是用来入党啦成人仪式用的，太过正规），誓死也不将今天的事走漏一点风声，谁走漏了风声，格杀勿论（大不了扁他一顿，或者在他睡熟的时候把臭袜子塞到其嘴中）。

第二天，米星希老师虽然没有查出失火的事，却因我没有桌布而当着全班同学的面狠批了我一顿。三天后，本以为事情就这样过去了，结果却发生了变化——一个悲惨的中午，全体兄弟竟然又被独臂将军请去"喝茶"……

惩罚内容：发配到学校的后勤部当了两天的苦力，写 5000 字的检讨和悔过书。我写这东西是没有问题的，可是段喻就不行了，他干活没问题，写检讨却写不来。最后，他只好请他们班的团支书吃肯德基，才侥幸把检讨摆平，这关总算过去了。

这天，全寝室的十个兄弟围坐在白炽灯下，细心研究这三次事件被"独臂将军"发现的原因，可是，我们想破头也想不出，独臂将军为何有此神通，能将我们的事一一查出。第一次，途中无一人发现；第二次，只有看门老大妈算是看到我们的人，但她没有举报的动机，我对她比对我奶奶还要孝顺，她对我也比对孙子都要关爱，她又怎么会告发我呢？第三次，女生是先走了，会是她们吗？如果是她们举报的话，顶多也就是生日晚会的事，那失火的事她们怎么能知道呢？这次，独臂将军没有将此事公布于众，还算给我们面子。可她为什么要这样做呢？难道她真的有隐身术，能时刻监视我们吗？

几方面的猜测都被推翻了，这充分说明我们男生寝室内部有"内鬼"（告密者）。为了抓出"内鬼"，我们决定，这次来一个大一点儿的秘密行动，看看独臂将军这回还有何神通能发现我们，也想看看她是如何惩罚我们的，也便于找出内鬼。

2.独臂将军会放过我们吗？

下星期，我们学校就要开运动会了，我们全寝室的兄弟顺应时代潮流，装出一副规规矩矩的样子，为即将到来的大行动作准备。我们还参加了学校的大型团体操表演。

独臂将军一如既往地一只手背过去，另一只手指导我们练操。新做的头发，新买的连衣裙，走在操场上一点声音都没有，在风中飘飘悠悠的，这使我联想到女鬼。

她路过我班的时候，站在我的身旁，扭头看了我一眼，然后，对我说了一句："跟我来！"

声音很小，像鬼片中招魂的声音，我顺从地跟她走了。当时，苏美达正站在我后面，吓得脸都白了，他看我的眼神像在看一名革命烈士。

我装出毫不在乎的样子，大踏步向前走，心里却七上八下的。

到了办公室，她先让我坐下，然后，倒了一杯水给我，说："你想知道为什么你们这些天干的捣乱事我没有公布于众吗？"

我拿起杯子，不说话，心想，你原来想收买我呀！

"我不想说出来，是想让你有更好的表现，你舅舅和我是老同学，我们谁也不希望你再这样混下去！"近几个月，我的父母去国外旅游，

81

我除了在寝室的时间，其余时间都住在舅舅家。

"你的父母前几天还打电话给我，我没有告诉他们你如今的样子。告诉你，你们干的每一件事都逃不过我的眼睛，不信你们试试！"独臂将军的另一只手也背了过去，好像是没有手，酷似被反捆住双手的囚犯。虽然如此，我却感觉好像有一只无形的手紧紧地抓住了我，我最怕别人提起我父母了，一想到我老爸那寒冷的目光，我就直打哆嗦。

我心里没底了，好像有点儿被她的话给感动了。我想说出我们即将到来的行动，却张不开口。

走出门时，她把我领到一间屋子里，那里有一大包的衣服，我明白她的意思，就背着那些东西出去了。这样宋时雨他们才不会怀疑我的。

果然，我出来时，宋时雨他们眼睛直盯着我。见我被压在一大堆衣服下面，宋时雨咬着牙说："独臂将军也太狠了，让你一个人扛那么多东西！"

我默不作声，感觉有双眼睛在背后盯着我，那就是独臂将军。

宋时雨真的要行动了，他告诉我目标是校长的汽车。主要原因是讨厌校长的样子，头发掉得快成撒哈拉了，还那么耀武扬威，反正看他是挺来气的。

他告诉我参加这次行动的还有段喻、霍菲，没有惊动寝室里的其他人。这次，如果再被独臂将军发现，那么内鬼就在我们几个之中。没有被发现，那就万幸，下次再领着寝室里剩下的几个人去干别的坏事。我心里犹豫了，但并没有表现出来。

我有种预感，这次如果被发现的话，独臂将军是不会像以前那样轻松放过我们了。

3.我们把校长的轮胎给煮了

我们把校长的汽车给"煮"了——就是把他的车胎弄没有气了。

事情的经过是这样的：运动会那天下午，我跑完 1500 米以后就累得不像样子，汗流浃背地坐在看台上面。我看到宋时雨、段喻、霍菲聚在一起窃窃私语，我知道他们要动手了。我想到了独臂将军的话，有点犹豫，不想再参与这样的"集体活动"了。我猜他们一会儿会来找我，于是装出好像累得动不了似的。董日町递给我一瓶矿泉水，然后，他接着去跑接力。不一会儿，宋时雨他们果然来了，他们叫我一起去干那事，我说头晕不行，他们看我的样子果然不行，就说我不亲自下手也行，可以在楼上为他们看着点人。

校长的汽车停在学校的后楼大院里，我坐在后楼寝室的窗台上，在那里能看到校长的那辆车。车里空荡荡的，司机不知跑到哪喝酒去了，因为他一喝酒准得睡上一下午。

宋时雨不愧是捣乱专家，一切都安排得合情、合理。我在窗口可以看到全局，段喻、霍菲守在两边，宋时雨开始用事先准备好的三角锥猛刺车胎。那车胎也不是等闲之辈，一直装好汉死撑，费了好大的劲才将车胎摆平。

我尽量压低脑袋，怕别人看到我，我感到独臂将军的眼睛好像就在某个角落里盯着我。

干完后，他们三个迅速逃离现场……不一会儿，我也回到了体育场，接着看比赛。

我以为事情算完了，可他们几个却迟迟没来。直到运动会快结束时，他们才回来，宋时雨拍拍我的肩，笑了笑，其中成分令人难以捉摸。我小声劝他，这件事如果被校长发现，那可就是大事了。

宋时雨固执地说没事儿，开玩笑说，"你该不会被独臂将军给收买了吧?"

"她怎么会收买我?"

"那就好，只是我感觉你最近胆子小多了。"宋时雨说。

第二天，独臂将军并没有派什么人去我班找我们，也没有亲自去班级找我们，而是在校广播里，点名让宋时雨、段喻、霍菲去学校政教处。

校长这回真的动怒了，独臂将军也动怒了——早晨，我看到校长大人从非常拥挤的公交车上下来，他的脸黑了，领带也歪了，满头大汗，下车的时候还被人撞了一下，差点摔倒在地上。他在地上晃了几晃后，站定，开始以最快的速度整理领带、擦脸上的尘土。这期间，有数不清的老师和学生从他身旁经过，跟他打招呼，他不说话，只是不停地点头，样子极像玩具"七品芝麻官"——真是太好笑了。我看到这些的时候就预感到事情有些不妙。宋时雨听到广播脸刷地白了，其他两个也傻了，他们的目光一齐集中到了我的身上，我这才明白了——他们把我当成了叛徒! 独臂将军呀! 独臂将军! 你怎么就没有念我的名字呢?

学校决定给他们三人以重大处分——留校察看一年。宋时雨他们三个听到这个消息的时候都傻了，没想到大家的恶作剧惹来了大麻烦。到了这个时候，宋时雨那当经理的老爸也没了主意，只好亲自到校长那里求情，他们班的班主任也出马为他们求情。谁都知道他们当时是一时气盛，宋时雨老爸承诺，只要不让他儿子留校察看，他愿意出资赞助校办工厂。

之后，我几天没有见到宋时雨他们，他们也没有回学校的寝室。一天，他们回来了，重新回到班级上课。回到寝室，他们不和我说话，看都不看我一眼，连于星夜、董日町对我的态度都不同了，他们好像都认为我是内鬼，我像 SARS 感染者一样，被他们无情地"隔离"了。

一天晚自习后，我回寝室，他们三个在走廊里截住了我。当时，走廊里的一盏灯坏了，黑暗中，宋时雨一巴掌狠狠地打在了我的脸上，我一动不动，鲜血像小虫子一样从我的鼻孔爬了出来。

他的眼中充满了泪水，说："我一直当你是好兄弟，没想到躲在我们之中的内鬼竟然是你，我说你那天装什么头晕，原来，你是独臂将军的走狗！"

"我不是，你们这群混蛋，内鬼不是我！"我怒吼道。

段喻"啪"地将一本书打在了我的脸上，说："内鬼不是你，会是我们吗？去你的独臂将军那里领赏去吧，走狗！"

说完，他们就走了……

他们还是每天回到寝室里睡觉，但谁也不跟我说话。我和董日町研究数学题，因为下周就要期末考试了，我还有些地方不太明白。寝室里的人个个都不说话，该看书的看书，该听歌的听歌，宋时雨胡乱地弹了几下吉他，又狠狠地摔在了床上，吉他发出"嗡"的一声闷响。

我们几个断交了，但我始终弄不明白，独臂将军有何神通，连我

们那么秘密的事，都能查得水落石出。

我还是得每周参加那个倒霉的青年志愿者服务队。那个我经常给他洗脚的老头被我的真诚感动了，要认我当干孙子。这次我没有推辞，因为我发现那个老头其实也挺好的，他是个老战士，经常绘声绘色地给我讲一些他过去战场上的故事，听得我经常忘记回学校。在他的故事中我了解到，他年轻的时候也曾经是一位超级大帅哥，于是，我们两个老少帅哥间有了许多共同语言。我的父母不在身边，认个干爷爷也挺好玩的，而且，我还知道他有个干孙女，那就是我暗恋并追求已久的殷琴琴。她也在青年志愿者服务队里，我们俩经常结伴到老爷爷家去，她经常吃惊地看着正在为老爷爷洗脚的我说："宁不悔，没想到你是这么好的一个男孩哦！"这个时候我总会谦虚几句："青年志愿者，就是要为社会多做点贡献，为别人做一些事！"

"好滴好滴，你的话真是粉（很）感人哦！来，我给你换水。"说着，她就会麻利地帮老爷爷换洗脚水。在她低头的瞬间，我闻到了一股淡淡的香味，有种香草味，好好闻哦！

和美女走在一起的感觉真好啊！嘿！

我在做青年志愿者时，经常反思自己的所作所为，并与独臂将军的做法相对照。校长轮胎事件使我更对独臂将军佩服得五体投地了——她也许真的有隐身术吧。我们寝室再也没有人捣乱了，宋时雨一见到独臂将军就不敢说话。不过，这几天她见到我时，经常会露出不可思议的笑容，这笑容令我不寒而栗。

4.独臂将军现形记

一日，学校开家长会，我舅舅陪我来的，班主任米星希老师将我从上到下赞美了一通，说我的学习如何之进步，并将我如何照顾八旬老头，又如何以实际行动感动老头，使得他心甘情愿地认我当他的干孙子的光荣事迹说了一遍。听来好像是我争着为老头当干孙子似的，他又不是什么百万富翁。正在家长会的当儿，独臂将军在校广播室宣布了一则好消息，学校答应给宋时雨、段喻、霍菲等人一个改过自新的机会，决定撤销先前对他们的处分决定，希望他们能以更好的面貌去迎接期末考试。

家长会后，我和舅舅在学校的走廊里碰到了独臂将军。老同学相见自然亲切无比，我只有傻站在一边的份。这时我看到了校花殷琴琴，便跑到操场一角和她聊天。我才不听他们老一辈谈什么下乡、知青时代等老土的玩意呢！

但是，在不经意间，我听到独臂将军向我舅舅介绍他的儿子，然后是他儿子和我舅舅说话，我愣了，难道他儿子也在我们学校吗？

我忍不住回头一看，看到了那个和我舅舅握手的、独臂将军的儿子、一直隐藏在我们中间的人——原来是董日町！这简直是太不可思议了。

下午，独臂将军来到我们寝室，说出了事情的真相。因为我们寝室是学校里比较乱、比较不听话的寝室，可一般我们做的坏事，独臂将军都无法发现，所以，就舍出了他的儿子——董日町，深入到我们中间来，探听我们的动向。

我们每次干完坏事后回来，虽然说已是深夜，但是董日町并没有睡，因为他平时喜欢等别人都睡熟之后，拿起小手电筒看书，等我们回来时，他就关掉手电，钻进被子，装作熟睡的样子。加上我们都是粗人，破车嘴，干完什么事后，回来便说，他自然是什么都会知道了。

可是，我还有一个问题不明白，那就是搞掉校长轮胎的事，董日町并不在场呀！

最后，还是董日町说出了真相。那天他从我愁眉不展的神情猜到可能有大事发生，于是，在离开我后并没有真正参加比赛，而是中途找别人代替了。就这样，他悄悄地跟踪了宋时雨他们三个，发现了轮胎的事。

独臂将军希望我们能改头换面，做个好学生，我们答应了她，因为我们已明白独臂将军的苦心。这时，宋时雨他们三个不知从什么地方冒了出来，问独臂将军："老师，为什么您的手总是背在后面，这是您的习惯吗？"其实这也是我想问的问题。

独臂将军笑了笑，刚想说话，却被我舅舅抢先说出了原因。原来我们敬重和爱戴的政教主任真的是独臂——当知青的时候，发生了一次事故，她受了重伤，从此，她的左手就一直伸不直，基本上没有多大用处，为了不影响形象，也不想被同学们知道，她就将左手一直背在后面，使别人以为她有把左手放在背后的习惯。

宋时雨跑到独臂将军身后一看，果真如此，那只手确实与一般人不同，要小许多。他用手轻轻地握住那只手臂，慢慢地往下拉——独臂将军伸出了她的左臂，我们惊讶地发现那只手臂真的是弯曲的，几乎已经变形了。

大家谁都不说话了，每个人低着头，为自己做过的那些不理智的事而愧疚……

正在这时，独臂将军突然说话了："走！"

我们都一愣，"去哪儿啊？"

独臂将军笑着说："叫上你们几个班同学，跟我去抬新桌椅，你们更新了，你们班的桌椅也该更新呀！"

"啊？又要我们出苦力啊？"我们不约而同地说，因为只有犯了错误才会出苦力的。

"不光是你们，还有你们的同学啊。这次不是惩罚，应该算奖赏！"

"有这么奖赏的吗？"虽然我们嘴上不住地抱怨，但还是服从了她的命令。

因为她是我们可爱的独臂将军！

Chapter 6

女生麦海佳的男生路线

1.辣：女生打男生不需要理由

如果不是亲眼目睹，我真的不敢相信麦海佳那么凶，竟然会打男生。

那天晚上八点，我正穿着裤头和宋时雨等兄弟五人坐在床上打扑克。忽然，隔壁女生寝室传出一声闷响，接着就是一阵乱七八糟的东西落地声，紧接着我们就听到女生的喊叫声。

宋时雨瞪大眼睛说："不好，女生宿舍出事了!"

大家一齐冲出寝室的门，看到一个男生从女生寝室破门而出，正弯着腰一瘸一拐地向我们这边跑来。紧随其后的，是一群手拿各种"武器"（枕头、拖把、网球拍、乒乓球拍、高跟鞋等等）的女生。为首的女生是麦海佳，她拿着一只不锈钢大饭盒，大声叫着："抓色狼啊!"

一听"色狼"二字，我们几个男生兴奋得眼睛直冒绿光，宋时雨站在门口，潇洒地向走廊伸出一条腿，那只"色狼"当即就被拌了个"狗啃屎"。之后，我们两个寝室的男生女生一拥而上，用拳脚把"团结"二字诠释得淋漓尽致。打得那"色狼"鼻血淋漓。打着打着，宋时雨的动作逐渐慢了下来，最后，他突然喊了一声："停停!"

宋时雨把已经成了花脸猫似的"色狼"拉起来，惊讶地叫道："任浩辉!"

此男生现在连站都站不稳，麻木地向宋时雨点点头，之后，又软塌塌地倒了下去……

任浩辉是宋时雨的同班同学，住在三楼，外号叫"辉好淫"（把他的名字倒过来念），最重要的是因为此男生平时看女生总是色迷迷的，在寝室楼以好色闻名，没想到今天竟然落到如此田地。

由于我们闹得声响过大，惊动了其他寝室的男女生，大家也都鱼贯而出，任浩辉见此情景，突然一个单腿着地，就给麦海佳跪了下来，"放了我吧！下次我再也不敢了！"

"不行！"以枫珍为首的女生们个个不依不饶。

"求你们了！放我走吧！不然老师来了，我就是跳进黄河也洗不清啊！"

"我相信任浩辉不会做出太过分的事情，有事找我吧！"宋时雨大包大揽。麦海佳没有说话，任浩辉撒腿便跑，瞬间消失在昏暗的楼道中。这时，其他寝室准备看热闹的男女生纷纷赶来了，我们告诉他们色狼已经跑了，他们又一窝蜂地向楼下追去。奇怪的是，他们竟然没有抓到任浩辉。

其实，这件事没有麦海佳说得那么严重，任浩辉在女生寝室也没有做什么过分的事情，只是，女生们想治治这个隔三差五就往女生寝室跑的男生。

这事说起来超级搞笑，枫珍向我叙述的时候都忍俊不禁，她赞叹道："麦海佳真为我们女生出了一口恶气。"

事情是这样的，这个任浩辉喜欢舒雨霖，有事没事就敲女生寝室的门，由于此人先前曾号称与政教主任有关系，女生们都对他的频频闯入敢怒不敢言。这更令任浩辉变得肆无忌惮起来。连续三天，每天晚上他都来女生寝室，坐在舒雨霖床上不走，搞得寝室里的女生都非常反感。这反感是有原因的，大家都知道，女生寝室里总会有一些不希望让男生看到的东西，而且枫珍这间女生寝室里的这些东西更是多得不计其数——她们寝室像葡萄架一样挂满了内衣、内裤。最初，任浩辉来，看到那些琳琅满目的东西时还会脸红，装作不敢抬头看；后来，时间长了，便不再顾忌，坐到女生床上，用色迷迷的眼睛扫视寝室，像欣赏什么不良图片一样盯着那些内衣、内裤不放，搞得女生们坐立不安。如果只是看，那还算不上任浩辉恶劣，更过分的是，有时他还对那些东西发表意见，比如说这个颜色好看啦，那个样式好看啦，边说还边往舒雨霖身上望。

这天，任浩辉还是赖在女生寝室不走，搞得女生们无法睡觉，麦海佳就对他说："你该走了吧？"

任浩辉不动，笑嘻嘻地说："还早呢！我们再聊会儿！"

"好啊，聊吧！我们打扑克！"麦海佳提议。

"好啊好啊！"任浩辉激动得不行。

于是，麦海佳和几个女生就陪任浩辉玩扑克。这期间，其他几个女生正在满屋子找可以打人的东西。

玩到一半时，麦海佳突然大叫："我的红桃 Q 好像掉在地上了，任浩辉帮我找一下吧！"

"好的好的！"任浩辉说着就趴在地上找红桃 Q，可是他怎么找也找不到，因为麦海佳根本就没有掉牌。

任浩辉抬起头说没有，麦海佳就让他往床底下找，于是，任浩辉就往床下钻。

这时，麦海佳一个旋风腿就将任浩辉的半个身子踢进了床下，之后，大喝一声："关门打狗！"

　　已准备好的女生们一哄而上，乒乓球拍、网球拍、高跟鞋雨点般落在了任浩辉的屁股和大腿上，麦海佳边打边说："辉好淫，我要让你一辈子记住这天，女生不是好惹的！"

　　任浩辉果真记住了这一天，从此，再也没有进入过女生寝室，连我们这层楼都没有踏上过。他再也不敢骚扰舒雨霖了，在学校里看到舒雨霖都绕着走，他更怕麦海佳，简直可以用闻风丧胆来形容。后来，老师也知道了麦海佳打任浩辉的事情，但并不知内情，就问她为什么打男生，她当即回答道："女生打男生不需要理由。"

　　老师想想后，木讷地说："有道理，有道理。"

　　麦海佳也在男女生中迅速成名，女生羡慕她，男生惧怕她。虽然她从来都不笑，还有点胖，有点凶，但不可否认，她仍是个漂亮的女生。

　　由于我们亲眼目睹了她打男生的过程，我们寝室男生去她们寝室的次数明显减少了，就连我这个枫珍表哥都不敢轻易涉足，更别说其他人了。

　　男生去女生寝室的次数锐减以后，我深刻地体会到了"距离产生美"这句话是多么具有预言性，因为，隔壁女生来我们寝室玩的次数明显较以前增多，特别是枫珍、落落、舒雨霖她们三个几乎每天都到我们寝室扫荡一次，搞得女生寝室只剩下麦海佳一个人独守空房。麦海佳从不过来玩，只是一个人玩命地啃书；并参加了校体育队，主攻排球和拳击。

　　在她学习拳击一个月后，还"实战"了一次，只是这次实战的对象并不是学生，而是一个小偷。

2.涩：小偷爱上麦海佳

麦海佳半个月回家一次，每次回家都会坐那辆小偷数不胜数的公交大巴。据说乘坐这条线路车的乘客有一半以上是小偷。有一天早晨，由于大巴车上乘客太少，司机为了保障乘客安全，就礼貌地劝其下车，因为那天车上八名乘客中有七名是小偷。

这天，麦海佳坐早班车上学，当时车上乘客很多，她没有座位，就站在车子后面双手紧握着吊环，目视窗外。车子咣当咣当走到路程一半时，麦海佳发现有个瘦而小的男人在往她身上靠。麦海佳往后挪了一下，没想到，那个男人又挤了上来。这回麦海佳没有后退也没有说话，只是拿眼睛死死地盯着那个男人，她以为可以用凶狠的目光将男人逼走。可惜，男人个头太矮，还没有麦海佳高，两个人的目光根本就对接不上。

又过了一会儿，麦海佳开始感觉男人的手已经伸向了她的书包，当男人的手正准备拉书包口袋拉链的时候，麦海佳一把抓住了男人伸过来的手，说："想干什么？"

男人低着头，不看麦海佳，故作凶狠地说："撒手，再不撒手，小心我拿刀捅死你！"

麦海佳瞧了瞧男人瘦弱的身体，轻蔑地说："你拿刀吧，看你的刀厉害还是我的拳头厉害。"

男人还在低头装酷："别逼我，否则你会后悔的。"

他虽然这样说，却没见拿出什么刀子来。

麦海佳右手高高举起男人的手臂，左手一记重拳打在了男人的脖子上，之后踢了一脚男人的大腿，男人当即就跪在了地上。

之后，乘客们七手八脚将小偷捆了起来，麦海佳这才看清小偷，一个非常年轻，看起来像一个中学生的男孩。尽管麦海佳觉得小偷的样子有点可怜，最后还是把小偷送到了派出所。

到了派出所，小偷死活不承认偷东西的事实，反而告麦海佳无故殴打他。

民警看着鼻青脸肿的小偷，再看看一脸无辜的麦海佳，感觉事情有点复杂，一时不知如何是好，便问小偷："你们两个到底是什么关系？"

小偷竟然恬不知耻地对民警说："她是我的女朋友！"

"什么？谁是你的女朋友？"麦海佳脸当时就红了。

小偷看麦海佳脸红，便信口开河："她是我女朋友，她要和我分手，我不干，她就打我，还诬陷我是小偷，而且还拿光了我身上的钱！"

小偷声泪俱下，一派胡言，搞得民警丈二和尚摸不着头脑。最后，我们可爱的民警同志作出了一个明智的决定："事情没弄清楚之前，你们两个人谁也不能离开这里！"

"啊？我还要回学校上课啊！"麦海佳没料到事情会变成这个样子。

小偷蹲在地上，脸上露出得意的笑容。

这天下午，政教主任和麦海佳的班主任一同来到派出所，向民警说明了情况，麦海佳这才离开了派出所。

回学校的路上，她的班主任还小声地问麦海佳："那个男生真不是你男朋友？"

"老师，你也不用脑子想想，如果你有女朋友，她会把你打成那副德行吗？"麦海佳说。

老师若有所思地摇摇头，自言自语说："是不大可能！"

麦海佳恨死那个小偷了，虽然她走时，那小偷还没有走，但她希望那小偷一辈子都待在那里。

回到学校后，麦海佳向我们讲述了这一精彩事件。枫珍问她当时为什么会有那么大的胆量打小偷，麦海佳说当时她看到小偷的腿在发抖，而且还看到小偷的手臂上戴着轮滑的护腕，如果是真正的小偷是绝不会玩轮滑的，所以，她断定这个小偷不会有什么危险。

后来，麦海佳的老师还是对她批评教育了一番，希望她下次不要这么逞能，毕竟是个女生，如果遇到心狠手辣的家伙后果将不堪设想。

这件事以后，女生寝室里的女生对麦海佳更是佩服得五体投地，大家纷纷效仿她，去校体育队学什么拳击，可是两三天下来，就又都逃回了宿舍。

我们寝室里的兄弟对麦海佳保持沉默，大家都坚持井水不犯自来水的原则，对她避而远之。试想，一个能打小偷的女生，哪个男生还敢与她接触？

正当我们为麦海佳的爱情前途忧虑时，女生寝室门口竟神秘地出现了一大束玫瑰花，花上的卡片清清楚楚地写着麦海佳的名字。

第二天，又有一束玫瑰花送到了麦海佳的面前，这次不是送到寝室，而是送到了麦海佳班上。

这在麦海佳班上引起了轩然大波，大家纷纷猜测这个神秘男生是谁。在女生寝室，麦海佳更是成为大家议论的焦点。她绞尽脑汁想了两夜也毫无头绪，怎么也想不出会是哪个男生。最后，不知是谁又提起了以前宋时雨和方祺儿在网上聊天的旧事，于是，女生们的目光又集中到了我们寝室。以枫珍、落落为首的女生闯进了我们寝室，对我们这几个平时安分守己的男生恐吓说："如果这个人在你们中间，请尽快承认，否则，大家也都知道麦海佳拳头的厉害！"

两天后，麦海佳再次坐那辆素以小偷闻名的大巴回家。当时车上的人很少，她坐在最后一排看车窗外的风景，由于她注意力都集中在窗外，所以根本就没有留意身边坐些什么人。中途，大巴猛地一下急刹车，麦海佳跟着摇晃了一下，从窗外的美景中清醒过来。

这时，她闻到一股令人心醉的花香，她移动目光，看到身边有个人的手里拿着一大束玫瑰花，立刻被吸引住了，不禁叹道："好美的花哦！"

"这是送给你的！"她旁边的人说。

她一直没有看旁边那个人的脸，听到此人的说话声有点耳熟，但想不起是谁。此时，花已经送到了她的面前，她不仅看到了美丽的鲜花，还看到了拿花的那只戴着轮滑护腕的手。

她"啊"地叫了一声："怎么会是你?"

"是我！这花是我送给你的！"送给她花的正是那天在车上挨了她一顿打的小偷。

此时的小偷和那天判若两人，穿着干净整洁的衣服，脸上满是笑容。尽管如此，麦海佳还是爱憎分明地说："这花我不要，离我远点儿，我不想看到你！"

"不打不相识，这花是我对那天耽误你上课时间的补偿！"

"谢谢，不用。"说着，麦海佳就开始往地上瞅，双手伸到椅子下面摸索。

男生还在喋喋不休地说："我不是小偷，那天是误会，我在一中上学，我靠你那么近是为了保护你，因为当时你身后站着一个小偷，你……你这是干什么？！"

男生看到麦海佳从座位下面拿出一只空的啤酒瓶，一边向后退，一边还在不停地磨叽："我说的全是真的，我很喜欢你的个性，我们会成为很好的朋友……"

麦海佳拿着啤酒瓶步步紧逼，她已经听不进男生的话了。

车到了一站停下来。车门一开，男生就夺门而出，临下车的时候还摔到了马路边上，把一个磕头向路人行乞的瘸腿老伯的钱盒子撞翻了。那老伯冲着男生张了几下嘴，好像骂着什么，然后，飞快站起身，迈开两条灵活的细腿，快速地把散落在地上的钱捡了起来，捡完后，又重新坐回原来的位置，继续装起瘸子来！

后来，麦海佳得知，那个男生真的不是小偷，至于那天他一直往她身上靠的原因到底是为了帮她还是另有其他原因，就不得而知了。后来，我听枫珍说，麦海佳曾扬言，不管那个男生是否真的是小偷，对她都不重要，因为她不喜欢和身份不明的人来往，更别说爱情了。

3.酸：自由落体和"肿"起的胸

麦海佳总是不断做出一些惊人的事情，最令我们寝室男生叹为观止的就是她对什么都不在乎，大方得令众人目瞪口呆，令我们寝室的男生手足无措。

一天深夜，我们寝室的几个兄弟刚睡下，就被隔壁一声闷响惊醒了。

大家闻声起床，宋时雨惊呼："不会又是哪个色狼闯进女生宿舍了吧？"

"应该不会吧？麦海佳的拳头足以令他们闻风丧胆了。"段喻说。

我跳下床，把耳朵贴在墙上，仔细听，可惜女生宿舍一点声音都没有了。

苏美达从被窝里伸出脑袋说："如果再听到声音，我们就冲进女生寝室！"

"要冲,你第一个冲吧！"宋时雨不知道什么时候也跑到了我旁边，也把耳朵贴到了墙上。

第二天早晨，我在水房刷牙时，看到穿着睡衣的麦海佳缓慢地向我这边移动，脸色阴沉，步子一挪一挪的，像个老太婆。

我问她："小麦，你怎么了？"

她不理我，一个人不声不响地刷牙。

中午吃饭时，我碰到枫珍，问她昨天晚上有没有听到女生寝室的闷响。

她说听到了，我问她那是什么？她不告诉我，她每次向我讲述女生寝室的趣闻都向我敲诈好吃的。

为了满足好奇心，我只好忍痛给她买了一块提拉米苏。有了吃的，她才开口："昨天夜里，麦海佳从床上掉了下来！"

就在昨天夜里，枫珍被寝室里一声巨响惊醒了（就是我们昨晚听到的那声音），她睁开眼睛，看到一个白花花的东西在地上蠕动，吓得她差点惊叫起来。她仔细看才看清地上是穿着白色睡衣的麦海佳。原来，麦海佳夜里从床上掉了下来，枫珍问她："麦海佳，你摔痛了吗？"

麦海佳跪在地上，好像没睡醒似的，说："哦？摔痛？哦？没事，我做梦练拳来着，没想到会掉下来。"

麦海佳又自言自语地说了些什么，便缓慢上床了。枫珍说早晨她醒来时，看到麦海佳的背青了一大块，起床时走路还很艰难，好像昨天摔得很痛的样子，但麦海佳没有喊过一声痛。

此后几天，枫珍说麦海佳又从床上掉下来几次，经常把女生从梦中惊醒。一天，麦海佳再次掉下床，落落吓得一声惊叫，然后跳下床就喊："地震了，地震了！"

落落直向门口冲去，其他女生听她这么一喊，也都半梦半醒地往外冲。麦海佳从地上爬起来，茫然地看着眼前白花花的人体，迷迷糊糊地说："干吗？起床刷牙也不用跑着去啊！又不是上厕所。"

落落刚冲出门，又惊叫一声回到了寝室，把门压得死死的。原来，落落梦见地震，又听到麦海佳掉在地上的声音，就大喊地震"逃生"，只是她忘记自己刚才还在睡觉，穿着内衣内裤就跑了出去，在走廊里正好碰到从男厕出来的宋时雨。幸好宋时雨当时低着头，否则，落落就真的被"一览无遗"了。不过即使宋时雨没有看到，落落以后再见到宋时雨时也还是脸红得不行。

这些都怪麦海佳总是半夜练拳，玩"自由落体"，搞得女生们每夜都被惊醒。过了一段时间，女生们麻木了，任由麦海佳每天夜里自顾自地往床下滚，个个照样睡得像小猪一样，打雷都听不到，甚至连查寝室老师半夜敲门都没有听到。搞得老师怀疑女生寝室窝藏男生，半夜找来女生寝室的备用钥匙打开门，只听到一阵阵小小的鼾声、磨牙声、梦话，还有口哨声——舒雨霖夜里睡觉总是发出像口哨一样的声音。

后来，麦海佳停止了练拳击，改练排球，她的"自由落体"的习惯才慢慢消失。

这期间，男生寝室在麦海佳的"自由落体"声中开始"卧谈"，卧谈一般由宋时雨开头。卧谈的主要议题是女生，特别是隔壁的女生；卧谈的内容是女生寝室里每个女生的相貌、身材、学习、爱好等等。谈到麦海佳时，宋时雨就一阵叹息："多么漂亮的一个女生，如果能再瘦一点点，再多笑一点点就更好了。"

"还差一个，温柔一点点，像方祺儿那样，或者是枫珍那样多好啊！"段喻边说还边吧嗒嘴。

我想他是在咽口水，哼，这个满肚子坏水的家伙！

"提方祺儿可以，别打我表妹的主意，小心我扁你！"我说。

"喂喂，小声点儿，你们知道麦海佳为什么不练拳击了吗?"宋时雨说。

"为什么?"苏美达在被窝里咕噜噜地问。

"因为麦海佳在训练时,数次将一男生打得鼻血喷涌,教练终止了她的拳击生涯。"

"打流鼻血是正常事呀?这样终止就不好吧!"于星夜说。

"关键麦海佳打那个男生的时候没有戴拳击手套!"

"是忘记带了吧?"

"不是,麦海佳是故意的,因为那个练拳击的男生企图'亲密接触',也没有戴拳击手套。"

"哦!……"男生们发出一阵整齐的惊叹声。

……

第二天下午,学校老师集体活动,所以下午停课。

我们寝室的几个哥们无所事事,便百无聊赖地坐在操场边缘欣赏来往的女生,并目送其中的佼佼者至视线所不及之处,像在看一场又一场水平悬殊的模特表演。

正当我昏昏欲睡时,麦海佳和几个女生走过来邀请我们打排球,盛情难却,我们几个男生只好前往。

操场上除了我们以外,还站着一些其他班级的男女生,为了凑齐人数,麦海佳又找了几个看客。

于是,一场令人笑破肚皮的排球赛开始了。

麦海佳在另一队,我和宋时雨还有另外几个男生在这一队。我身边一个男生盯着麦海佳,汗水劈里啪啦地往下掉,还洒到了我的脖子上,他的样子看起来很紧张。我问他为什么,他说,他亲眼目睹麦海佳是如何把一男生的鼻子弄出血的,并诅咒说:"这么个破烂学校,恶女烧不尽,春风吹又生!"

"别说话，小心你手中的球！"我提醒他。

结果，他一紧张，手一用力，球飞了出去。

麦海佳玩命地向球的方向跑，她伸出双手，球没有落在她的手上，却不偏不倚地砸在了她的胸部。

麦海佳蹲在地上，双手抱胸；刚才和我说话的那个男生，见此情景，面如死灰，撒腿就跑。

我们都围了上去，男生更是好奇，双眼直直地盯着麦海佳，还挑衅地说："你站起来呀！你站起来呀！"

麦海佳不站，恶狠狠地看着说话的男生，随后她慢慢地站了起来，放下了抱胸的双手。

那个男生眼睛直放光，突然回头，冲着看热闹的男生大叫："肿起来了！"

这个男生真是可恶，他这么一喊，一大群男女生呼地就把麦海佳围了起来，争相目睹所谓的"肿起来"！

宋时雨问我："真的肿起来了？"

"是的，而且肿得很高……"我说。

那些男生还在像看动物一样围着麦海佳不放，我和宋时雨都有点生气，就冲他们大喊："看什么看？想看自己拿排球砸去！"

我看到麦海佳低着头从人群里走了出来，她没有抱着胸，我们可以看到确实是"肿起来了"。我看到她在用手抹眼睛，我猜她是哭了。

4.苦：借个男生谈恋爱

尽管麦海佳很麻辣很强悍，却丝毫没有减弱她在男生心目中的地位，越来越多的男生对她着迷痴狂。

最典型的就是她们班一个自以为是超级无敌大帅哥的家伙，号称对女生攻无不克，战无不胜。不过，麦海佳看都不看他一眼。

一天，他为了向麦海佳示爱，就在班里放一首蔡依林的《说爱你》给麦海佳听。当时，教室里只有他和麦海佳两个人，他含情脉脉地对麦海佳说："我一直想对你说一句话！"

"什么？"麦海佳说。

"在歌里！你听吧！"

麦海佳煞有介事地听了一会儿，之后，仍然无动于衷。男生无奈，只好鼓足勇气，准备向她表白。他刚要张口，上课的铃声响了，男女生涌进了教室。男生眼睁睁看着大好机会错过，痛不欲生，精心准备的告白只好以失败告终。

正当我们都以为麦海佳会永远拒绝爱情时，她竟然把目标对准了我们寝室。

一天早晨，麦海佳来到我们寝室。

"借个男生给我！"麦海佳当时站在寝室门口，寝室里所有人都愣住了。

麦海佳以为我们没有听到，就又重复了一遍。

"借男生做什么？"宋时雨笑嘻嘻地说。

"这还不懂，谈恋爱呗！"段喻油腔滑调地说。

"去去，谈什么恋爱，到底借不借？"麦海佳说。

"借呀！你想借哪个？随便挑。"段喻在洗脚，洗着洗着，又自告奋勇地说："借我吧！"

麦海佳还站在那里，扫视了一下寝室里的这几个男生，最后目光落到了我的身上。

"宁不悔，你跟我来一下吧！"

"啊？我？"我惊讶。

"是你，跟我走吧，有事求你！"麦海佳很温和地说，但脸上依然没有笑容。

这样，我糊里糊涂地就跟她走了。

我跟随麦海佳走出校门，上了一辆公交大巴。坐下后，我很好奇，就问她："我们去哪儿？"

"去一个比较特殊的地方，从现在开始，你的身份是我的男朋友。"麦海佳严肃地说。

"这么快啊？你是不是很早就爱上我了？"我说。

"去去，爱上你，别臭美了！这次请你假扮我男朋友，陪我去见一个人，求你了！"麦海佳脸上露出很无奈的样子，眼睛乞求似的望着我。

这时，我的手机响了起来，我一看是枫珍。

枫珍说："哥，你在哪里？"

我有点慌张，便胡说："我在厕所里！"

"别瞎编了，是和麦海佳在一起吧！哥，你要听小麦姐的话，就当是妹妹求你了，她让你做什么你就做什么。记住，中午不许逃跑，如果你跑了，我就再也不认你这个哥了。"

"好的好的。"我满口答应，心里却没有底，便问麦海佳："这到底要上哪儿呀？"

"暂时不能告诉你。"麦海佳神秘地说。

我茫然地望着车窗外的景色，真不知道车的终点是哪里？过了一会儿，我感觉有点困，就索性仰头闭上眼睛睡起来。我想，既然上车了，就跟麦海佳走吧，我是男生，怕什么。

车子颠了一下，我被弄醒了，鼻子闻到了一股淡淡的香味。我睁开眼睛，发现自己正很没出息地睡在麦海佳的肩头。我有点紧张，迅速坐正，说声对不起。

麦海佳大方地说没关系，之后，她从书包里掏出一块白色的手帕，一只手伸向了我的脖子。

我说："喂，你要做什么？"

"配合一下嘛！怎么，连枫珍的话都不听了，她不是说让你什么都听我的吗？"麦海佳撅着嘴，还在我眼前挥了两下拳头，威胁我。

"好吧！"于是，我闭上眼睛。

麦海佳用白色手帕蒙住我的眼睛，此时，我已经什么都看不到了。我正在猜想她为什么这么做时，车子停下了。

她站起来，握住我的手，轻轻地说："跟我走！"

她的声音很温柔，像一块浸过水的海绵，散发着潮湿的水汽。她的手很轻，使人根本无法将其与男生奔涌的鼻血联系到一起。是啊，她毕竟是一个女生，坚毅的性格怎能掩盖女生温柔的一面呢?

她走在我前面，我跟在她后面，我什么都看不到，好像已经进入另一个世界一般。

"小心，前面有一个小坑。"

"抬脚，我们要上台阶了。"

"慢一点，我们要过马路了。"

她抱住我的肩膀，我的每一步都是坚实的，耳边传来呼呼的车声，麦海佳还在我耳边说:"快到了，你放松一点。"

"好的。"

我们又走了一段路，停了下来。我听到麦海佳和一个人说话，那人好像是看门的，之后，我听到铁门的吱吱声。

我们走了进去，我已经猜出一点了——监狱。

麦海佳带我来监狱做什么? 难道她爸爸或是她的亲戚在监狱中服刑?

正在我胡思乱想的时候，我闻到一股花香，还听到一阵阵歌声，好像有人在练声。

麦海佳为我拿下蒙住眼睛的手帕，我看到面前是一栋白色的大楼，四面都是花坛，大楼前是一块平整的草坪。草坪的小径间，走着一个个穿着白大褂的医生和病人。

"是医院?"我说。

麦海佳点点头:"对了一半，是精神病医院。"

"啊? 你带我来这里做什么?"

"跟我走你就知道了。"她说。

我们走进大楼，上电梯，到六楼，看到写着 602 的房间，走进去。

我看到落地窗前坐着一个白发老人。

白发老人背对着我们，念叨着："星期六、星期七、星期八、星期九、星期十，小茜说星期十四来看我的，怎么还不来呀？"

"姥爷，我来了。"麦海佳一只手握着老人的手，另一只手拉着我的手。

老人看了看我，突然嘿嘿笑起来："你男朋友？"

"是的，今天我特意带他来看你，你看他帅不帅？"麦海佳问老人。

我有点不自在，我还是第一次以这种身份被一个精神病患者看。

"帅……"老人继续嘿嘿嘿地笑个不停。

麦海佳跟着老人笑，我也跟着笑，三个人就这样傻乎乎地笑起来。

后来，麦海佳哭了。她对老人说："姥爷，我快要高考了，也许会好长时间不能来看你了！"

老人没有听进去麦海佳的话，仍然盯着我，说："帅、帅、帅！"

……

从精神病院走出来的路上，麦海佳突然张开双臂，跳了起来。她很高兴地笑着，笑得很灿烂，和平时凶巴巴的她判若两人。她拍着我的臂膀说："谢谢你，宁不悔！"

"没关系，我感觉挺好玩的！"

"那下次我还带你来吧！"

麦海佳说，姥爷从小就非常喜欢她，妈妈长期在外地工作，没有时间来看他，于是，麦海佳就定期来看姥爷。姥爷看她一个人来就非常生气，大哭不止，说："你都这么大了，为什么不找个男朋友？"

医院的护士怎么劝他，他都不听，一个劲儿地哭，嘴里念叨着：

"你都这么大了，为什么还不找个男朋友？"

于是，为了满足姥爷的要求，麦海佳就决定找个人假扮男朋友，来哄姥爷开心。

当我问她为什么用手帕蒙住我的眼睛时，她告诉我，这之前，她曾找过班里的一个男生假扮，结果，那个男生知道那条路是通向精神病院的，半路就逃跑了，把她一个人扔在了半路上。她说，那个男生是胆小鬼，怕精神病院的病人袭击他。

我这才明白，为什么枫珍在电话里叮嘱我不能跑呢！

5.甜：尾声

回到寝室后，大家都问我到底和麦海佳去了哪里，我没有告诉他们。

一个月后，麦海佳的姥爷去世了，麦海佳在寝室里大哭一场。

直到这时，大家才知道关于麦海佳姥爷的事，任何人都没有想到，平时粗枝大叶的麦海佳还有这么温情、柔软的一面。

麦海佳总是把忧伤藏在心底，坚强地面对一切。她不在乎别人怎么看她，却非常关心我们寝室的态度。有一天，她问我："你们寝室卧谈的时候提起过我吗？"

"当然提起过了。"

"说我什么？"

"有点凶！"

"还有吗？"

"有点胖！"

"还有吗？"

"很善良，很勇敢，是个很有正义感的女生！"

"这些我都知道。"她说，

"那你还问？"

"呵呵……"麦海佳笑着不语。

后来，我把我和麦海佳的谈话内容告诉了枫珍，她很惊讶："真的是这么问的？"

我点头，她很失望地看着我，敲了敲我的头，说："哥，你好笨啊！她根本就不想知道你们寝室别人的想法，只是想知道你是怎么想啊！她喜欢上你了！"

"啊？"

"她和我说过，如果有人肯陪她去精神病院看望生病的姥爷，她就找那个人做男朋友。"枫珍说。

麦海佳从枫珍后面跳了出来，大叫："枫珍，你又在胡说八道了，看我怎么收拾你！！"

说着，两个人打闹着离开了，把我一个人扔在了原地。

我有点呆了，枫珍以前总喜欢涮她老哥，她这次的话会是真的吗？

真的好，还是假的好呢？我的心突然矛盾起来。

Chapter **7**

红蓝吉他的爱情童话

1.敲错门的漂亮女生

我们寝室来了一个不速之客。

周五下午，我打完篮球玩完传奇，又在操场边欣赏了20分钟美女后，美滋滋地回到寝室。走到寝室门口，我刚要用钥匙开门，就听到宿舍里传出一个女生的说话声。我抬头看了一下寝室的门牌，又看了看四周诸如垃圾桶、女厕、墙上模糊不清的脚印等参照物，一切都告诉我面前就是我的寝室，可是，寝室里怎么会有女生呢？隔壁的女生最近都在忙学习，一般不会来我们寝室的呀，里面的女生会是谁呢？

我打开门，看到一个女生正背对着我坐在我的床上和宋时雨聊得热火朝天。寝室里除了他们两人，还有段喻，他正躺在床上听歌，表情很痛苦。

女生听到我开门的声音，回过头来对我一笑，露出高露洁广告上才可以看到的雪白牙齿，舒蕾广告上一样的头发及小护士护肤霜广告上一样白雪般的皮肤。

我不禁心中惊呼：美女！

女生见我双眼发直，便笑盈盈地说："我是来女生寝室找人的，可是敲错门了，这才知道我找的人就在隔壁，就进来坐坐。"

我也笑盈盈地说："没关系呀，你们聊！"

女生很满意地点点头，转过身又和宋时雨聊了起来。

宋时雨这家伙真是个见色忘友之徒，看我进屋连头都没抬，双手握着吉他的一端（吉他的另一端在女生的腿上），目视琴弦，嘴里语无伦次地说个不停，女生则像中了魔似的听得津津有味。

有陌生女生在寝室，这还是头一次，我感觉有点不自在。

以前，我回到寝室都会三下五除二脱得只剩裤头听摇滚来着，可今天有女生在场，我只好正襟危坐在段喻的床上，我想换下自己的袜子，却发现自己昨天洗的袜子此刻正被那女生舒服地坐在屁股下面。

我只好作罢，小声问段喻："她来多久了？"

段喻此刻正把头埋在被子里，伸出两根手指，表示 20 分钟。这个数字真是惊人，我第一次看到这么赖皮的女生，在男生寝室待了这么久还不走。

我任何私人的事情都做不了，只好听宋时雨和那女生说话。

女生说："你练吉他多久了？"

"我初中时就开始练了。"宋时雨说。听这话我差点呕吐，这家伙真能撒谎，他半年前买的吉他，硬说成初中。

女生又问："你好厉害哦，那你一定会弹好多曲子吧？"

"那当然了，初中毕业时我还获得过吉他演奏大奖呢！"

"真的！你太棒了！真帅，我最崇拜吉他弹得好的人了。可惜我不会，给我弹一曲吧？周杰伦的会吗？"

"周杰伦的，我早就弹滥了，小意思！《七里香》还是《东风破》？"我盯着宋时雨的脸，发现他撒谎这么久都没有脸红。

"好哦，好哦，我都喜欢，你现在就弹吧！"女生很兴奋的样子。

"这个，这个现在不行，改天吧！"

"不嘛，还是今天吧，就弹一首，一小首！"女生很迫切，开始拉着宋时雨的衣袖摇起来。

"不太好吧！改天给你弹吧，我今天没有感觉！"宋时雨故意推辞，怕露馅。据我所知，他只会弹"祝你生日快乐"，而且中途还会跑调，我猜他要是弹，也只能弹这首。

"那么，只弹一小段行吗？"

"好啊好啊！"女生拍起手来，我心中暗叫，真是赖死人不偿命。

"这样，我就弹一首最最简单的'祝你生日快乐'吧！"不出所料，这家伙真弹这首。

"好的好的，我洗耳恭听！"

之后，宋时雨开始拿起吉他，装模作样地弹，女生含情脉脉地看着宋时雨，他更是装得假模假式。由于其弹奏水平较烂，所以，只好一个音符一个音符地弹，音调自然慢了许多倍，一首《祝你生日快乐》被他活生生地弹成了哀乐。

宋时雨弹完后，女生还鼓起了掌。

这时，我听到隔壁女生寝室的门响了一声，想必女生寝室的人已经回来了。女生的眼光向后看了一眼，竟装作没听到一样，继续和宋时雨胡扯。

"再弹一首吧！你刚才弹得真好听！"女生继续说。

"就弹这些吧！我弹得真的不好，改天你到我们班找我，我给你弹个好的。"

"哦，你这吉他在哪儿买的？"

"海洋琴行！"

"你搬入寝室多久了？"

"半年。"

"你什么星座啊？"

"处女！"

……

我晕，这个女生开始没完没了地说，我和段喻已经被折磨得坐立不安，无奈之下，我们只能离开。

这两个人真是一点礼貌也没有，我和段喻出门时，他们连招呼都不打。

我们出门后，就站在走廊里，枫珍看到我，问我们出来干什么，我说里面有女生，她推开看了看，然后就骂我笨："一个女生就把你们吓得待不住了？真没出息！"说着，就拉着我走进了寝室。女生见我们三个进来，愣了一下，看都不看我们一眼，好像很生气的样子。

我和段喻继续做我们的事，说我们的话。不一会儿，枫珍不知从哪又领来了两个男生两个女生，这回狭小寝室中已经有九个人了。那个女生说话，我们也不甘示弱地说，而且比她的声音更大，就这样，好端端的寝室被搞成了"菜市场"。

我们寝室的门是开着的，所以，我们的声音引来了不少男女生围观，也引来了寝室看门的老大妈。她气吞山河般站在门口喊："猪头（住口）！猪头（住口）！太不像话了，再不猪头（住口）我就去告诉政教主任！"

老大妈有点大舌头，所以，"住口"被她叫成了"猪头"。寝室里立刻变得鸦雀无声，那个女生也低下头，脸对着墙。

老大妈看着女生的背影，费解地看了半天，然后，又饶有兴趣地走到女生身边说："钻（转）过来！"

女生转过身，脸红彤彤的："往哪儿钻？"

"哦！哟哟哟，我感觉我就没见过你，你不是住校的怎么可以上楼来？"

"我，我来找人！"

"你找的人呢？找人怎么找到男生寝室来了！"

这时，舒雨霖匆匆忙忙地跑了进来，毕恭毕敬地对老大妈说："她是我表妹，来找我的！"

"哦，要快哦！学校里是有规定的！知道吗？规定！"老大妈很负责地强调说。

舒雨霖和那个女生一个劲儿地点头。老大妈走后，大家也各回各的寝室了，那个女生临走时还对宋时雨依依不舍："改天，我来听你的《七里香》！我们电话联系！"

宋时雨乐得口水四溅，令我们几个男生欷歔不已，还来？饶了我们吧！

2.拜师"街头艺人"

宋时雨爱上了那个女生。

女生走后，宋时雨就像丢了魂似的在寝室里走来走去，嘴里念经一样念着《七里香》，念叨完了，又开始四处打电话，张口就问人家："你会弹《七里香》吗?"

第二天一大早他就背着吉他离开了寝室。他的吉他是蓝色的，当时我睡得正晕，只见蓝光一闪，他就不见了。

段喻说宋时雨去学那首《七里香》去了，看来追女生光帅是不行的，还要有真本事。

后来，我碰到枫珍，问她那个女生后来到她们寝室都做什么了。她说那个女生根本就不是舒雨霖的表妹，而是她的初中同学，叫林溪，是六班的，是来找舒雨霖玩的，当时，舒雨霖为了解围才说林溪是她表妹。

枫珍还说，林溪到了女生寝室像变了个人似的，安安静静的，说话声音小得可怜，坐在舒雨霖的床上还咬耳朵，没说几句就咬一次。她们咬完耳朵后，就会发出一阵莫名其妙的笑声，把枫珍和寝室里的人搞得一愣一愣的。

枫珍记得舒雨霖和林溪最后一次咬耳朵时，舒雨霖说了一句："他知道吗？"

之后，林溪摇了摇头，舒雨霖就说："不告诉他也好，等到那一天到来的时候，他会大吃一惊的。"

这两句话搞得女生们一头雾水，林溪走后，大家也没有问舒雨霖，那毕竟是隐私嘛！

结果，舒雨霖却翻来覆去睡不着，自己首先挑起话题，夸起这个男生寝室誉为赖皮的优秀女生。她说，这个林溪可是一个十分不简单的女生，不仅成绩好，而且吉他弹得更好，特别是电吉他；她老爸是唱片公司的制作人，母亲是著名歌手，初中就曾是一个乐队的吉他手，据说还出过一张个人专辑。

"啊，还出过专辑？"我真不敢相信那样赖皮的女生会出专辑，我突然想起昨天她和宋时雨聊吉他时，她明明说自己不会弹的，她为什么要隐瞒呢？

这回宋时雨的丑可要出大了，他能几天就学会一首《七里香》吗？再说，他还要在一个当过乐队吉他手的女生面前弹，万一露馅，那宋时雨的苦心不是白费了吗？

我决定告诉宋时雨林溪的真实情况，结果被表妹枫珍拦住了。枫珍说，还是不告诉的好，太清楚的爱情就不好玩了，我们也可以暗中帮助宋时雨。

我把这个主意告诉寝室里的兄弟，大家一致赞成。于是，一个帮助宋时雨谈恋爱的计划很快就形成了。

首先是要让宋时雨学会弹《七里香》，可是，现在谁也不知道他去哪儿了。

我们在学校里找他，问过所有音乐老师及吉他高手，都说没有见过宋时雨。

下午，宋时雨还没有回来，我们也懒得去找，几个兄弟一觉睡到天黑。醒来后，段喻说要去街上溜达，于星夜说要去买时下最流行的《梦里口水知多少》和《桃木棉花》两本书，就这样，兄弟几个又溜达到了熙熙攘攘的大街上。

夕阳把几条光棍汉的身影拉得奇长无比，每个人的影子都像踩着高跷的小丑。正走着，我们听到了吉他声和歌声：

窗外的麻雀在电线杆上多嘴 / 你说这一句 / 很有夏天的感觉 / 手中的铅笔 / 在纸上来来回回 / 我用几行字形容你是我的谁……

唱《七里香》的这个声音好熟啊！我们转过身，看到两个长发盖住眼睛、二十多岁、一脸颓废模样的吉他手正在街边自我陶醉地号叫。他们脚下放着一个饭盒，饭盒里躺着屈指可数的几枚硬币和一张皱巴巴的纸币，人们匆匆而过，看都不看他们一眼！

我们走到那两个人身边时，他们还在自我陶醉，于星夜同情地拿出一枚硬币。他刚要投出，却突然发现两个街头艺人身后好像还有一个人晃来晃去的。

于星夜说："好像一个人！"

"是啊，确实像一个人。"苏美达近视眼都看出来了。

两个艺人背后的那个家伙也抱着吉他，低着头，像兔子一样在两个艺人身后蹦来蹦去，好像是为了躲避什么，完全没有两个艺人洒脱。

我们盯着那个在两个艺人的空隙间跳的奇怪艺人，突然，我看到了蓝色的吉他，我脱口而出："宋时雨！"

那艺人好像没听到，不理我，我又喊了一句，那人还是不应。

难道是我认错人了？

正在我疑惑的时候，段喻早已把"艺人"弄到了我面前，正是宋时雨。

宋时雨已满头大汗，看到我们他显得很生气："别打扰我学吉他！"

然后，他挣脱了段喻的手臂，继续回到两个艺人的背后做"兔子"。我们见他如此执著，只好在两个艺人对面的一家冷饮厅坐下来，边喝冷饮边欣赏"兔子"。

直到天黑，宋时雨才罢休。他告诉我们实在找不到可以教《七里香》的吉他老师，所以，听到两个街头艺人在唱，他就上前搭话，求人家教他，最终，他如愿以偿地学到了《七里香》，两个艺人拿到了更多的硬币。尽管他学会了，但是一天的街头艺人生活已把他累得两腿发颤，我们不得不搀扶他回到寝室，搞得路人以为他已生命垂危，纷纷给我们让路。

回到寝室，宋时雨没有睡觉，因为老师留的作业他还没写。于是，他又伴着我们的鼾声写作业直到深夜，弄得第二天成了"熊猫"。

他反复温习《七里香》，噪声殃及整层楼，引起公愤，致使我们寝室的门在一天中被其他寝室的兄弟踹开15次，门板如老妪般摇摇欲坠，最终，在一寝室老大"你TNN SB！"的骂声中轰然脱落。

就在宋时雨给大家表演《七里香》的时候，他接到了林溪的电话，她在电话中温柔地说："我想还是不听《七里香》了，我想换一首……"

宋时雨"啊"地大叫一声栽倒在床上。他欲哭无泪，刚准备弄点啤酒借酒消愁，林溪却飘然而至，她对宋时雨说："我想来想去，还是听《七里香》吧……"

宋时雨又惊又喜，激动得差点哭出来……

林溪还给我们带来一大堆好吃的，使我们激动不已。段喻小声对我说："这样赖皮的女生多来几个该有多好啊！"

这天晚上，寝室里像过年似的，我们几个兄弟在这里又吃又喝，完全不管宋时雨和林溪在另一边卿卿我我，弹琴说爱。

美食、美女，太棒了！

3.海边别墅的浪漫约会

林溪自从用美食收买了我们几个傻帽的胃以后，就开始肆无忌惮地在我们寝室穿行了。

我们寝室几个男生只要待在寝室就盼着林溪来，林溪要是不来，我们就鼓动宋时雨给林溪打电话，宋时雨也配合我们，就主动给林溪打电话。

林溪有一把红色的吉他，和宋时雨的蓝吉他简直绝配。她来了以后，两个人就开始讨论吉他、音乐，虽然她还没有正式向宋时雨表白，但是大家都把他们两个当情侣了，我们也和林溪混得像哥们似的。

不久，他们两个人开始约会。其实也谈不上什么约会，只是抱着两把吉他在学校周边遛遛弯儿什么的，有时在学校附近的休闲广场站定唱上几首，搞得路人以为他们是卖唱的。这样一来，林溪来我们寝室的时间就少了，但我们对她仍是热情不减。为了感谢我们对她的支持，她决定在周末为我们举办一个 party，还邀请了隔壁女生宿舍的全体同学，地点就在她老爸的海边别墅。

周末那天，女生比我们抢先一步到达了海边别墅，而我们几个男生却很丢人，说出来不怕你笑话，在去海边别墅的途中竟然迷了路，黄昏时才到达海边别墅。

别墅是座两层小楼，位于风景如画的东海之滨。

我们到达时，别墅里只有两个做饭的阿姨，她们说林溪和女生们都去海里游泳了。

在海边，我们看到宋时雨正套着救生圈乐不可支地和一群女生玩水。于是，我们也换上泳衣，加入游泳的行列，海水有点凉，搞得我有点哆嗦，我游了一会儿就上岸了。

"老哥，干吗不下来啊？"枫珍在水中喊我。

我摇头，枫珍不理我了。这时，我看到宋时雨仍然套着救生圈，吃力地周旋在林溪等几个女生中。

后来，段喻爬上了岸，小声说："宋时雨不会游泳还逞能，一会儿准有好看。"

"有救生圈，不会有事吧？"

"救生圈？呵呵！"段喻阴险地笑了笑，然后悄悄游入水中。

我真没想到段喻游到水里是对宋时雨下"毒手"，不一会儿，我就听到宋时雨喊救命，

他凄惨地叫着："救命啊！水下有鬼，我的脚被缠住了！"

我猜是段喻干的，他游泳最棒了，此刻他一定正在水下拉宋时雨的脚。

林溪见宋时雨喊救命，甩开漂亮的胳膊就向宋时雨游了过去，结果，她游到时，宋时雨已不见了踪影。就在林溪举目四望时，宋时雨又从她身边冒出头来，她抓住宋时雨的头就往岸边游。

游到岸上后，宋时雨居然昏了过去，于是，有人提议做人工呼吸。

男女生听后迅速跑开了，谁都知道宋时雨有口臭，臭不可闻。

这样，只剩下林溪了。我想她也许和宋时雨接触的时间较短没有发现这个问题。

她很焦急的样子，气呼呼地说："你们真没良心，怎么能见死不救？"

我问段喻："是不是你在水下拉宋时雨的脚？"

"不是我，我怎么会干这种事情？"

"那会是谁呢？他不会是真的昏过去了吧？"我说。

"不会，他一定是装的，为的就是让林溪给他做人工呼吸。"

我们站着不动，期待地看着林溪向宋时雨俯下身去，段喻像念经似的小声说："宋时雨，这个时候你千万不要醒来！醒来就不好玩了。"

林溪跪在海滩上，宋时雨像条死鱼一样躺在她的面前。林溪两手掐住宋时雨的嘴，他的嘴立刻变成了"O"型，林溪张开嘴弯下身，慢慢地，两张嘴就要碰在一起了……

突然，林溪脸上表情变得十分难看，她迅速用手捂住嘴，结果，还是没有来得及，林溪控制不住大呕特呕起来——同时，宋时雨身子一滚，一个鲤鱼打挺就坐了起来，双手胡乱地在自己身上抓起来。

林溪停住呕吐，失望地说："我没吐在你身上。"

宋时雨嘻嘻一笑，我们全明白了，他真的是装的，就连那个被人拉住脚的样子也是装的，大家不再看他们，失望地回到别墅。

别墅里的阿姨已经给我们做了一桌子好吃的，男生女生坐下就开吃。

吃着吃着，我们发现桌子上居然少了两个主角——宋时雨和林溪。

他们两个怎么没有回来呢？

"不会是被人打劫了吧？"落落说。

"打劫？"

大家这才反应过来，一齐冲出别墅，边跑边喊宋时雨和林溪的名字，结果，海滩上空荡荡的，连个人影都没有。

这回大家慌了，别墅里做饭的阿姨也慌了。

星光下，大家沿着海滩向西一路寻找，结果没有找到。

最后，就在别墅两位阿姨提议报警的时候，枫珍突然指着不远处一个发亮的东西说："你们看，那东西像不像一把吉他？"

我们不约而同擦亮眼睛盯着不远处的沙滩，那里果然有一块发亮的东西。

我们慢慢走过去，就在快要靠近那发亮的东西时，身边突然传出说话声。

"他们怎么不喊了？"

"我不知道啊，大概是喊累了吧！"

"他们绝对不会知道我们在这里的！"

"是呀，今天星星好多哦！"

"是哦，那我们就唱一首周杰伦的《星晴》吧！"

"这个……好吧，只要你喜欢我就唱。"

我们一听，这两个人正是宋时雨和林溪，可是，怎么只听到声音，却看不见人呢？

枫珍对那个发亮的东西最感兴趣了，大踏步就向那个东西奔去，在她从沙子里面拿出那个东西高喊"这是一把吉他"的时候，沙滩上传出一个人的惨叫："你踩到我的肚子了！！"

枫珍吓得跳出老远。

我们低下头，看到就在我们脚下有两个圆乎乎的东西在蠕动，随

后，两个人从沙子中坐了起来。我们这才看清，两个人正是宋时雨和林溪，他们居然把自己的身体埋在沙子里，怪不得大家找不到呢！

原来这一切都是他们两个人的恶作剧。回到别墅，宋时雨和林溪为她们"玩消失"付出了惨痛的代价——为我们做"小二"（服务生），端茶倒水，被我们吆来喝去。

他们两个一点都不厌烦，反而乐此不疲，甚至还利用"跑堂"的间隙说悄悄话。

后来，大家唱歌、跳舞、看电影、上网、打桌球、跳舞，林溪家别墅里的东西都被我们玩遍了。不知道什么时候，大家已累得横七竖八地睡着了，真是甜美的一天。

第二天，大家醒来时，发现宋时雨和林溪又不见了，屋子里只剩红蓝两把吉他。

吃饭的时候，他们两个回来了，林溪带回了一大堆大头贴，里面都是她和宋时雨的合影。

海边根本没有拍大头贴的地方，林溪就和宋时雨步行去市区拍，真是令人感叹。

林溪还告诉我们一个惊人的消息——他们要"登记结婚"。

这个"登记结婚"不是现实中的，而是在网上结婚，但还是令大家大跌眼镜。

4.奇趣演唱会

不久，林溪和宋时雨就在一家大型网站登记了。那天，我们两个寝室的男女生每个人都给他们寄去了一张精美的电子贺卡。

自从成了名正言顺的"夫妻"，林溪来我们宿舍活动的次数更为频繁。起初，她每次都拿那把红色的吉他，后来就干脆把吉他放在了宋时雨这里，于是，我们寝室就有了红蓝两把吉他。

这期间，宋时雨除了学习外，仍然不忘偷偷到街头艺人那里学习吉他，他每天回来看着林溪的那把红吉他，都会用手轻轻地在上面拍几次，脸上流露出一丝淡淡的忧伤。他不是和林溪天天见面吗？怎么会有这种表情呢？

我百思不得其解，寝室的兄弟们也是一头雾水，我们总感觉他和林溪之间好像隐瞒着什么。

很快，一年一度的寝室联谊会就要到了，全校每个寝室都在排练节目。特别是宋时雨，更加卖力地苦练吉他，因为他和林溪将表演一个吉他对唱，就是两个人抱着吉他，从舞台的两边唱着歌走上来，超级浪漫。

联谊会当天，宋时雨和林溪很早就到达了现场。我站在宋时雨旁边，感觉他的身体一直在发抖，也许是因为紧张的原因。

我问他："吉他学得怎么样了?"

"马马虎虎!"

"林溪对你的水平满意吗?"

"她没有发表意见!"

"你为什么发抖?"

"我要上厕所!"

"啊,那你还不快去!"

宋时雨把蓝吉他扔给我,一溜烟就没影了。

一会儿,林溪过来问宋时雨哪儿去了,我说他上厕所了。林溪不信,问我:"他是不是想临阵脱逃?"

"不是,他真的上厕所了!"

林溪还是不信,就追到了男厕门口,站在门口等宋时雨出来。

从男厕所走出来的男生都对林溪很是惊讶,有一个她们班的同学刚好从里面出来,就问她:"林溪? 你在这儿做什么?"

"等人,你进去帮我看看有没有一个长得帅帅的、高高的男生。"

"好的!"男生转身折回男厕。

不一会儿,他就出来了,摇了摇头,说:"厕所里已经没有人了!"

"啊?"林溪抢过我身上那把宋时雨的蓝吉他就要往地上摔,举到半空又放了下来,悻悻地返回联谊会的会场。

我们都猜测宋时雨是因为害怕自己的技术水平不过关,才不敢上台丢脸。这急坏了林溪,她一个人抱着红蓝两把吉他坐在第一排,盯着门口望眼欲穿地等,宋时雨却始终没有出现。后来,林溪一个人抱着红吉他离开了联谊会现场,那把蓝吉他被她扔在了椅子上。

舒雨霖和枫珍追了出去,我们几个男生也紧随其后。林溪正靠在走廊的墙壁上哭泣，红吉他像一个没人理的小孩，立在墙边。

我回到联谊会会场的时候，突然发现林溪扔在椅子上的蓝吉他不见了，我们几个男生找了好久都没有找到。当时由于会场光线阴暗，谁都没有注意蓝吉他哪儿去了。

宋时雨消失了，蓝吉他也被人偷了……

联谊会开始了，一个又一个节目后，终于轮到林溪上场，林溪擦干眼泪，从舞台的右侧上场，这时，出人意料的一幕出现了。

宋时雨竟然从舞台的左侧上来了，我们都以为是在做梦，这家伙是从哪里冒出来的？

更令我们惊讶的是，在宋时雨身后，还跟着两个抱着吉他的人，这两个人就是教宋时雨吉他的那两个街头吉他手。

我终于明白，原来宋时雨是去找人助阵，这样他才可以"滥竽充数"，真是聪明。

他们唱的是那首林溪自己作词作曲的歌《男生隔壁是女生》：

我们来自不同的班级／我们来自不同的地域／我们做着共同的努力／自从住进寝室的那一天起／无论男生和女生／无论时间和距离／我们开始由陌生变得熟悉／从晨曦到暮霭／从寝室到班级／我们匆匆忙忙／我们乐此不疲／啦啦啦……／啦啦啦……

敲敲你的墙／敲敲我的墙／水泥的厚度怎么阻隔我们传情达意／银杏树沙沙沙／带来春的讯息／时钟滴答滴答／提醒高考日期／啦啦啦……／啦啦啦……

男生隔壁是女生／友情隔壁是爱情／我们若即若离／我们

惺惺相惜／我们与快乐相伴／我们与忧伤同行／成长的过程总
是波澜不惊／寝室的生活永远风起云涌／啦啦啦……／男生隔
壁是女生／……

宋时雨还算给男生争气，在两位"专业人士"的陪伴下，手
指只是在吉他上装装样子，只管拉长嗓子高歌，还偶尔摆个极酷
的 pose，引得台下小女生尖叫不断，气得林溪送了他一地的"卫
生球"。

我们两个寝室的男女生也极为配合，在他们唱歌的过程中，频频
献花，搞得像个明星演唱会一样。宋时雨和林溪唱完一首后，应观众
之邀又唱了一首，如果不是主持人提醒，他们就是唱到寝室熄灯都下
了场的。

后来，宋时雨告诉我，他找了四条街才找到那两个街头吉他
手。怕他们两个不来，还答应演出后请他们吃西餐；没想到，两
个吉他手听到宋时雨是为了捧女友的场，非常仗义，二话不说就
来了。

两个吉他手万万没有料到，这次小小的业余演出竟然改变了他们
的一生。

他们被坐在台下的唱片公司制作人看中了，两个月后成了该公司
的签约歌手。

而这个唱片公司制作人正是林溪的爸爸。

这件事说来有点阴差阳错，林溪曾对她爸爸吹嘘宋时雨同学是一
个多么有音乐天分的人，具有非凡的音乐品质，极力向爸爸推荐，并
把她爸请到了联谊会的会场，希望他能欣赏宋时雨的才华。没想到，

林溪爸爸看过后，非常失望，对宋时雨的评价只有一句："简直是乱弹琴！"

林溪对宋时雨的表现只字不提，依然和宋时雨像牛皮糖一样黏在一起。但是，宋时雨的心里却起了变化。

有一天，他终于向林溪坦白："我不是个音乐天才，我们分手吧！我只适合做一个街头的吉他手。"

林溪当时是哭着离开的，此后再也没有来过我们寝室。

我们帮林溪骂宋时雨是个大笨蛋，林溪是个多么好的女孩呀，他怎能这样对待人家呢？

后来，宋时雨床头的红吉他也不见了，他没有再提起林溪，谁也不知道林溪会不会再来！

5.隔壁寝室来了新同学

半个月后的一天，我回寝室，在楼梯边看到拎着大包小包的宋时雨，他累得满头大汗，乐得嘴都闭不上了。

"你拎的是谁的东西？"

"帮别人拎的，隔壁女生寝室又来了新同学！"

"来了新同学？又是一美女吧？"我知道宋时雨最喜欢美女了。

"那是当然，不是美女我能帮忙拎东西吗？"宋时雨美滋滋地说。

"哪个美女？学校里还没有几个美女我不认识呢，说说名字？"

"是我，宁不悔！你不会不认识我吧！"声音是从我后面传来的，我转身一看，惊讶得差点儿呆住，原来是林溪。

"你搬到隔壁了？"

"是啊，很久以前就有这个打算了，最近，是我们寝室楼那边装修，借机会就搬来了。"

"欢迎欢迎！"

"还记得我第一次来你们寝室吗？那天我来的原因不只是找舒雨霖，还有一个原因就是想看看新寝室是什么样子的，没想到，敲错了门，到了你们寝室。这回我们可是真正的邻居了，不会再嫌我赖皮吧？"我这才发现，林溪笑起来的时候居然有两个酒窝。

"那你要问宋时雨。"我说。

我想起当初枫珍对我说过，舒雨霖曾和林溪在她们寝室的秘密话。原来，林溪想令宋时雨和我们大吃一惊的事就是她突然住到我们隔壁来。

林溪自住到我们隔壁以后，就像什么事情都没有发生一样，依然经常光顾我们寝室，依然坐在宋时雨的床上口若悬河，不同的是，他们谈的不再是吉他，而是学习。

一天，我问宋时雨："你是不是真的爱上林溪了？"

宋时雨点了点头，叹了口气："当然，但是我还不知道人家爱不爱我呢！"

"你们不是已经在网上结婚了吗？她还天天来找你，这说明她已经爱上你了。"我说。

"也许吧！"宋时雨满不在乎的样子。

"你们现在应该和好如初了吧？"

"这个嘛，我和林溪只是普通朋友而已。"宋时雨故作神秘。

"真的是普通朋友？不提分手的事了？"

"我和她真正恋爱过吗？大家都是同学，不要这么八卦好不好？"

"切，真不够哥们！"

"本来就什么事都没有发生嘛！"宋时雨边说边拿起吉他乱弹起来。

他拿的不是他自己的蓝吉他，而是林溪的红吉他，红蓝吉他又回归我们寝室了。

Chapter **8**

丁莹的游戏规则

1.爱情树丛

　　我从来不相信学校里会有什么"爱情树丛"，我相信那只是我们寝室几个家伙的异想天开。他们说学校东南角足球场边的那片又高又长的树丛是"爱情树丛"，只要有足够的诚心、足够的勇气，敢在树丛边唱上一首发自内心的情歌，然后在原地使劲跳三下，静等片刻，树丛另一边便会走出一个心仪的男生或者女生。

　　我觉得这简直是滑稽透顶，都高二了，还有人相信这种无稽之谈。尽管宋时雨他们多次劝我一试，我都无动于衷，我坚信爱情和学习一样，都是凭着努力得来，并非运气而来——教语文的杜老师如是说。

　　我这人有个奇怪的毛病，就是喜欢在学校里无休止地走来走去，宋时雨称我这种症状为"无女友综合征"，我却觉得我这样总比他强多了，他自己有好几个女友，还整天守株待兔一样蹲在所谓的"爱情树丛"边，狂喊着浪人情歌，可至今也未见所谓的"心仪"女生出来。其间倒有几只老鼠从树丛另一边走出觅食，至于公母，尚无从考证。

　　这天，我依然像患了"无女友综合征"一样游荡在校园里，又看到宋时雨像傻瓜一样蹲着树丛边鬼哭狼嚎，这孩子真是没救了。我走到宋时雨旁边，拍拍他说："宋时雨呀！我带你去上网吧！在那上面找女生比这里快多了。"宋时雨由于长时间反复做着站起和坐下的运动，外加唱歌时声嘶力竭，导致两眼呆滞，实足一个"老年痴呆症"患者。

宋时雨说："你也来唱一首吧！很灵验的。"看他那重症患者的眼神，我倍感同情。好吧！就来一首吧！可惜我歌声太差，不过，这里也没人，尽管放声高歌好了！于是，我站直身体，高昂起头，高唱一首羽·泉的《深呼吸》："深呼吸，闭上你的眼睛……"

歌唱罢，我对宋时雨说："走吧！实在没有女生要你，我就忍痛把我老姐介绍给你认识吧！"

宋时雨顿时眉头舒展："你老姐？我怎么从来都没有听说过你有姐姐呀！如果是你表妹枫珍，那还可以考虑。"

我笑笑："去去，少打枫珍的主意，下周我把老姐带来给你认识。"

我哪有什么老姐呀，所谓的老姐便是我妈养的那条小狗，小狗叫老解（老姐），意思是没事儿老解手，随地大小便的意思。

我和宋时雨刚准备离开，忽听树丛深处响起了"哗哗"的树叶声，一声清脆的女声随之传来："我出来了，你为什么走开呢？"

我转身一看，不禁目瞪口呆，竟然真的从树丛里走出一个亭亭玉立的女生。她上身穿着蕾丝碎花粉色衬衫，白色短裙。至于脸部，我只瞧了一眼，便将目光移向别处，我不敢相信这是事实。我唯一想做的事情就是马上离开，逃之夭夭。我才不会相信这世上有天上掉美女的好事呢！

刚要离开，那位女生竟然抢先一步拦住了我的去路。我赶紧将宋时雨推到前面："我是代他唱的，你找他吧！我还有急事要办！"

女生的目光穿过宋时雨直刺到我的脸上，说："这么就走了，难道你连游戏规则都不懂？"

我真被搞糊涂了，规则？这难道还有规则，真够麻烦的。

"我真的有急事要去办，有什么规则你快说，好吗？"

"现在不告诉你，以后再说吧！你有什么急事就告诉我吧？"

我急得脸通红，看来不说出事情真相，她真的不会放我走了。好吧！说就说，我伸手一指树丛边的一个牌子，女生看了牌子后脸色变得通红，无奈地摇摇头。

她走到我身边，递给我一张纸条，说："这是我们寝室的电话号码，记得明天中午十二点来寝室楼找我，不来，后果自负。"

我接过纸条，开始怀疑这一切是否是真实的。这时，从树丛另一边又走出了七八个女生。为首的一个对我身旁的女生说："小妹，就是他吗？"

女生点点头，我心里升起一种做贼心虚的感觉。

我拉着宋时雨赶紧离开，宋时雨似乎有些眷恋，频频回头张望，我心想，都遇到大麻烦了，竟然还有心思左顾右盼！

还好是路边的牌子救了我，那牌子上写着：WC往前走十米。

2.游戏规则（一）

一整天我都坐立不安，猜测明天那个女生会出什么新花样。都怪宋时雨，偏要我唱歌，结果一唱就唱出个美女，还有七八个帮手，看样子还不好对付。

我顿时感到如坐针毡，这是我平生第一次经历这种近乎空难的事情。在我人生这短短的十八年里，我从未阅读过如何应对此类事件的书籍，应对这种突发事件的经验为零。

宋时雨和几位寝室老哥回来的时候，我还在愁眉不展，他们却兴高采烈，好像我明天就要结婚似的。

我忙问宋时雨："明天怎么办？"

"明天很好办，学校正门对面的那家花店你知道吧？"

"知道。"

"买一束玫瑰，再去找丁莹。"

"丁莹？她叫丁莹？"

"高二有名的美女，追她的人数不胜数。"

我心中仿佛掠过一片彩霞，整颗心霎时变得金光灿烂。

我问宋时雨："一束玫瑰，就是规则吗？"

宋时雨点点头。

按照宋时雨的吩咐，第二天中午时我去花店买了一束玫瑰，由于本人甚是胆小，便将玫瑰用一黑色塑料袋套住。

我拿着套着黑色塑料袋的玫瑰一步步向丁莹的寝室楼走去。我走得很慢，目视前方，一副视死如归的架势，不免会招来过往学生惊奇的目光。我有种古惑仔的味道，那藏在黑色塑料袋中的玫瑰，像一把片刀一样，握着它，我无比兴奋和激动。

走到女生寝室楼下，抬头一望，见一长发女生正靠在阳台上像盯一只苍蝇一样盯着我，那便是丁莹。

我向她挥舞着手中的玫瑰，她从阳台上消失了。不一会儿，她带着鲜橙汁一样甜蜜的笑容出现在了我的面前。

在我的身后响起了一阵口哨声，在她的背后是一群女生艳羡的目光。

在那天那片树丛的背后，我掏出了套在黑色塑料袋中的玫瑰，丁莹那如水的目光给了我百分百的自信。

她说："我还以为你不知道规则呢！"

"这次规则我知道了，但不知道以后的游戏将如何进行下去。"

她刚想回答我，却像想起什么一样："我还有急事，以后会打电话给你。"

我傻傻地站在原地，抬起头，看到路边的牌子：WC往前走十米。

我目送丁莹离去，她往前走了二十米，然后向左拐，不见了。

我呆立了十分钟，用力咬了一下手臂，很痛。

这不是梦。

3.游戏规则（二）

此后三天，一直没有丁莹的消息，也没有看到过她。

我想，游戏应该就这么终止了，她不来找我，也许她见我只是为了一场游戏。

游戏就游戏，反正生活还要继续，考试还要继续。我依然像患了"无女友综合征"一样，在闲暇时无休止地在校园里走来走去。

回到寝室上网，才发现很久没有看信箱了，信箱里塞满了邮件，什么人的都有，老同学、网友什么的。有一封带有一整排"！"号的邮件让我一愣，发信人一栏写着"丁丁"。

打开最早的一封，才知道信是丁莹发来的。

"那天，我在同学的怂恿下，躲到爱情树丛后面，我认为她们这种鬼把戏是最无聊的举动。我等了一会儿，你出现了，我真的没有想到你会那么大胆，敢在那里唱歌，而且是那么自然洒脱。我以前见过你，只是没有说过话，也许你见过我，也许没有。偶尔我在走廊与你擦肩，我会忍不住回头看你一眼。不知道那是一种怎样的感觉，但我敢肯定，我的心是愿意转过身回望你的。你很特别，你知道吗？宁不悔，我经常默念着这个名字。你是一个有趣的人，经常听说关于你的一些趣事，很久以前便想与你认识，但一直没有机会，这次是什么呢？是什么让我们相遇又相识呢？你想过吗？

"真抱歉，我不应该不告而别。从宋时雨那里得来你的电邮地址，希望你可以看到。我想了很久，也许这种游戏对你不适合，我只是不想再让这种游戏继续下去，希望大家可以重新来过，所以我决定暂时离开。我不知道我如今和你是处于一种什么样的状态，是继续还是结束，我还在考虑之中。

"女友说我应该见见你，把事情说清楚，不该这样不了了之，对你不公平，对我也不公平。"

……

还有几封信，我看不下去，眼睛有些湿润了。我不知道为什么，她算不上是我什么人，也不知道为何而感动。刚下了线，电话铃就响了。

我接了电话，电话那边是一个女孩的声音："是我。"

我一下就听出来，是丁莹的声音，真的是她。我忙问："你在哪里？"

"你的楼下！"

我推开窗子，果然看到丁莹就在楼下，在她的身边，还站着宋时雨和林溪。

后来，我和丁莹在学校路边的街角聊了几句，当时，四周布满小贩的叫卖声和汽车的喇叭声，空气中弥漫着油炸食品的气味。

我们两个都很拘束，她站在我对面，手扶着学校的栏杆，眼睛看着脚下的杂草。

她说："我最近学习很忙……"

她神色慌张，把脸转向街边杂乱的人群，之后又后退了几步，与我的距离也远了好多。后来，两个人的距离大约有三米开外，我们两个说话时声音很大，如果太小彼此就什么都听不到了，以至于我们的谈话成了当街说相声，路人都可以听到。

我问她，为什么这个样子？

她说："我怕我妈，如果你知道我妈是谁的话，你也会像我一样紧张的。"

"你妈是谁呀？"她的话勾起了我的好奇心。

她笑了笑，说："改日再告诉你吧！"

她走到我面前，伸出手，像周恩来会见尼克松一样。我也伸出手，我们像两国元首一样亲切地握手。

她说："从此，我们便是好朋友了。"

我说："好啊！"

她又小声对我说："不要对别人说你是我的好朋友，因为我妈妈不让我和男生做朋友。"

"你妈妈会认识我？"

"反正你要小心。"

我认真地点点头："这也是游戏规则吗？"

"算是吧！"

面对着这个神秘兮兮的丁莹，我感觉特别有意思，接下来没准儿还会有什么别的游戏规则。

4.游戏规则（三）

一天上课，教语文的杜老师拿出了一本《萌芽》杂志，说上面有个"新概念作文大赛"，希望同学们踊跃参加。后来杜老师又讲了一大堆参加此次大赛的好处，我一点都没听进去，因为当时我正藏在书桌下专心致志地看几米的绘本《1.2.3.木头人》。

下课后，杜老师把我叫到她办公室，第一句话就是："你一天怎么就跟一个木头人一样？上课也不注意听讲。"

说完，她把那本《萌芽》杂志递给我："拿回去好好看看，我觉得你参加这次比赛还是有希望的，老师支持你。"

我认真地点点头，鼻子里有点发酸，我误会了老师的意思，说实话，杜老师确实是一个好老师，特别是对我。

中午的时候，我从食堂吃饭回来，在楼梯口碰到了丁莹。其实也不是碰，她是早早等候在那里的。

她把我叫到一边，很诚恳地对我说："有事求你帮忙。"

丁莹求我办事，我当然义不容辞："行，什么事，说吧。"

丁莹从包包里掏出一本《萌芽》杂志，递给我："你也许也有吧！帮我写一篇文章，我也想参加比赛。"

"好的，没问题。"

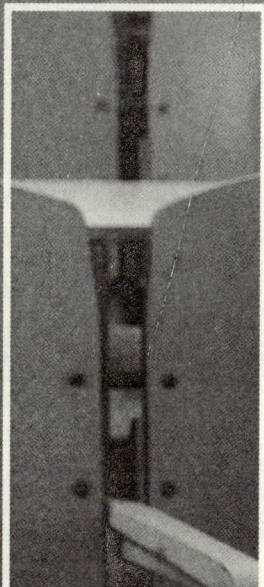

"写完后用寄信的方式寄给我，要打印稿，这也是游戏规则。"

丁莹问一个星期能否完成，我拍着胸脯说没问题。

一个星期后，我写完了两篇参加新概念作文大赛的文章，一篇交给杜老师，另一篇寄给了丁莹。

文章交上去没两天，我就又被杜老师叫去喝茶了。我看到杜老师桌面时，顿时傻了眼，因为我前几天写的两篇文章都摆在那里，我的是手写稿，丁莹的是打印稿。杜老师指了指属名丁莹的那篇问我："是你写的吧？"

我不敢隐瞒，只好点头承认。

杜老师没说话，只是用笔在属名丁莹的那篇文章上改来改去。我站在那里，觉得甚是无聊，环顾四周，发现杜老师桌子的玻璃板下压着一张照片，照片里有两个人——丁莹和杜老师，照片中丁莹表现出一种很不情愿的样子。我这才知道，原来丁莹是杜老师的女儿，可既然是母女，为什么看起来又那么别扭呢？

杜老师改完属名丁莹的文章，把"丁莹"二字改成了我的名字，然后，头也不抬地说："你可以回去了。"

"真的？没有别的事了？"我说。

"没有了，你回去吧。"杜老师轻轻地说。

我一头雾水地离开了教室，原来杜老师是丁莹的妈妈，我以前怎么不知道呢？

5.游戏规则（四）

次日，我去丁莹的班上找她，我说了昨天在杜老师办公室的事情，包括看到她和杜老师的合影。

我问她："你和杜老师是母女吗？"

丁莹把我拉到走廊深处，说："请你不要问这么幼稚的问题，以后告诉你，记住……"

"这是你的游戏规则！"

丁莹说："你知道就好，不过，真的很感谢你替我写那篇东西。"

她脸上的表情好像很为难，想说什么又吞了回去。我问她是不是还有事，她点点头，然后要我和她一起走。

我默默地跟在丁莹身后，不知去往何处，我有种被挟持的感觉。

中途碰到杜老师，杜老师看了看我和丁莹，问她："你去哪里？"

丁莹没理她，我不知道丁莹要去哪里，但我已下定决心，不管她去哪里我都会保护她。

天黑了，学校的操场上亮起了五光十色的灯，许许多多的学生从寝室里涌出，聚集在操场上，他们仰望着满天星斗，甚至有人还指指点点。我有点摸不着头脑，今天怎么了？怎么每个人都莫名其妙的呢？杜老师、丁莹还有这群傻瓜一样看星星的家伙！杜老师会跟踪我们吗？

不过，我默默地走在丁莹身后的感觉真的很好，甬道上光滑而好看的地砖，在道边灯光的映衬下，熠熠生辉，走着走着，我发现，四周的一切都变得那么熟悉。

这里不正是宋时雨所说的"爱情树丛"吗？

丁莹看了看表，说："时间快要到了。"

她抬起头，我也跟着抬起头。满是星斗的夜空好像在移动，开始有一颗颗流星划过。没过多久，满天星斗好像要在顷刻间全部落下一样，是流星雨！

丁莹说："你真是一个木头人，连今天有流星雨都不知道。"

丁莹站在那里，后来竟哭了："妈妈！我来看你了。"

我看着她，不知所云，她说的妈妈会是杜老师吗？

后来，丁莹转过身来，面朝着"爱情树丛"，仰望星空。

她说，两年前她妈妈就得重病死了，当时，她哭得死去活来，根本就没有料到自己会失去最爱的妈妈。妈妈走后，爸爸又帮她找了杜老师，做她的新妈妈。尽管杜老师也很想与她搞好关系，但她始终改不了做老师的职业特点，总是对她挑三拣四：这里不对，那里不对，做这个不行，那个也不行，认为她哪里都不好。她的约束给丁莹造成了巨大的压力。

她试着与杜老师沟通，却始终没有成功。她与杜老师谈不来，在任何事情上，她们的观点都是不同的，杜老师还曾说过看流星雨这种事情非常无聊。

这期间，她非常悲痛，非常无聊，时常看到我傻瓜一样走在校园中，有趣而且透明，便想找我说点什么。但是这样又有点太突然，便利用这个"爱情树丛"的东东和我见面，因为木头一样的我是不会把她的秘密传出去的。

也许今天的流星中就会有一颗是她的妈妈。

我问她这些话有没有和杜老师亲口说过，她摇了摇头，抬头望着星空。

丁莹默默地说："如果将来她对我不再那么苛刻，我也许会接受她。"

"你把你的想法告诉她，也许她会对你宽容一些。"

"不会的。你知道吗？那天，她看到你帮我写的作文的时候，她说什么？"

"说什么？"

"她把那篇作文扔在了我的脸上，她说我不要脸！"

丁莹依然哭着，我和她就那样立在甬道上。路灯把我们的影子拉得很长，满天繁星在我们的头顶纷纷落下，一颗不少地坠入了我和丁莹的心海。

那片树丛在动，这是我最先看到的，那会是什么呢？

我大喊："是谁？"

树丛里走出一个人，由远而近，我看清了，那是杜老师，丁莹也看清了。

杜老师也哭了："对不起，那天我不该那么说你！"

丁莹不说话，也不理她。

"你的妈妈以前也喜欢流星吗？"

"要你管？"丁莹说。

杜老师慢慢走近丁莹，拉起丁莹的胳膊，丁莹没有甩开胳膊，两个人就那样静静地靠在一起，后来，丁莹接纳了杜老师，两个人成了一对幸福的母女。

我的文章入选了，但我没有去上海参加复赛，因为那对我并不重要。重要的是我和丁莹依然是好朋友，也只能是好朋友，丁莹说这是她的游戏规则。同时，她告诉我少和宋时雨接触，说他是一个"坏家伙"，不要像宋时雨那样女友一大群。我点头同意，却背地里和宋时雨打得火热，其实和宋时雨来往的女生都算不上他的女友，只能算是很要好的朋友，更准确地说是很好很好的朋友吧！

不久，有一天，我从寝室里出来，突然听到背后有人叫我，我转过身，看到走廊隔开男女生寝室的栅栏后面站着一个女生，正是丁莹。

我很惊讶："你搬过来了？"

"呵呵，还没有，我在和她们寝室的人商量，是否可以和我换一下。"她笑着说。

"你和谁商量了？"我问她。

"麦海佳。"

"她同意了吗？"

"没有，呵呵，没什么，我只是问一下，没关系的。"丁莹自嘲地笑了笑。

又过了一个星期，丁莹搬了过来，但不是我们隔壁的女生寝室，而是这个寝室对面的另一间。尽管如此，丁莹还是乐此不疲。她喜欢站在铁栅栏后，喊我的名字，我会唱歌给她听。

那片"爱情树丛"依然树繁叶茂，郁郁葱葱。在那里，我找到了丁莹，而丁莹找到了她的妈妈。宋时雨问我丁莹到底是不是我女朋友，我笑而不答。其实，我遵守着丁莹的游戏规则，心里却在蠢蠢欲动，就像枫珍说我那句话："宁不悔是个干说不练的人！"

Chapter **9**

偷偷溜进寝室说爱你

1.闯入男生寝室的"另类"女生

这个故事是枫珍告诉我的，讲的是枫珍的好友段落和我寝室段喻的故事。

自从学校将我们寝室与隔壁女生寝室用铁栅栏隔开以后，好端端的一栋楼被分成了两截，男生女生各一边，并严格规定，男生不能进入女生寝室，女生也不能进入男生寝室，我们从前那种令学校其他男生羡慕的日子也从此结束了。

当男生乔装打扮成女生，瞒天过海混入女生寝室约会女友的事情早已屡见不鲜之时，广大痴情女生也不甘示弱，加入到这种奇怪的运动中。不久，这种现象便在校园里蔚然成风。男生寝室的值班老大妈整日神经高度紧张，用一双火眼金睛仔细观察每一个进入男生寝室的女生，若见到戴着帽子、墨镜，穿着松松垮垮衣服的可疑人员，一律禁止入内，并上前仔细盘问，发现女生一概送到教务处。她这种认真负责的工作态度不禁令广大男生甘拜下风，也使广大女生闻风丧胆，打消了这个念头。但是风风火火的段落不同，为了给她喜欢的男生送生日礼物，她宁愿铤而走险。

很久很久以前，段落爱上了男生宋时雨，为了宋时雨她愿意付出自己的一切。这次宋时雨过生日，段落为他精心挑选了一个硕大的水晶苹果作为生日礼物，她想在宋时雨生日那天向他表白。一想到这里，她就脸上发烧，心"怦怦"地跳个没完。为此，她精心设计了一套潜入男生寝室的方案，并作好了一切准备。

宋时雨生日这天，段落穿着从男同学那里借来的运动装、网球帽，左手拎着书包，右手拎着篮球来到了男生寝室楼下。此刻，她的过肩黑发早已藏到了网球帽中，高温酷暑的夏日，这副装扮令她大汗淋漓，她像个小丑一样靠在墙边，望着戒备森严的男生寝室。

不一会儿，几个男生走了过来，向段落打了一个手势，便走进了寝室。

他们是段落的死党兼内应，男生们进入寝室不久，段落就听到寝室里传出"灭门师太"的呵斥声和抱怨声。她骂骂咧咧地说："真是臭死了，臭死了，不好好学习就知道喝酒，还乱吐一气！"

接着，段落听到寝室楼里的口哨声，她知道这是暗号，于是，她迅速溜了进去。

从门口经过的时候，她看了一眼收发室——"灭门师太"被几个男生围在当中，正气急败坏地数落着那个靠在门口装醉鬼的男生。

段落不禁心中惊叹：这些男生的演技真是太棒了。同时，内心生出一阵感动，多么讲义气的哥们啊！

走上楼梯的时候，想着宋时雨看到生日礼物时的种种惊讶表情，擦着头上豆大的汗珠，她激动不已，不知不觉竟忘记了自己身处何地。她一边嘟囔着"热死了"，一边摘掉帽子，并用帽子当扇子扇了起来，那过肩长发便暴露无遗，引得走过她身边的男生惊讶不已："哦！一个女生。"

男生们的目光令段落有点不知所措，但她很快理直气壮地说："没见过女生呀？女生就不能进男生寝室吗？"

男生们傻呆呆地点头，像看外星人一样看着段落。

段落不理他们，独自来到宋时雨的寝室门外，她望着那温馨的414门牌，情不自禁地脱口而出："我爱你，宋时雨。"

她伸出手，准备敲门的时候，突然耳边又传来了一声："我爱你，宋时雨。"

段落有点搞不懂，男生寝室还真是与众不同，还有回声！她笑了笑，再次伸出手准备去敲门，但是又被一声"我爱你，宋时雨，一生一世"惊住了。

这次段落听得清清楚楚，那是甜美的女声。她突然清醒了，这不是回声，因为这次多了"一生一世"四个字。

段落对着门笑了笑，对自己说，这次可能是听错了，于是，她敲响了寝室的门。

门开了，黑洞洞的寝室中，一群男生正围坐在一个插满蜡烛的蛋糕旁，烛光映出了宋时雨那英俊帅气的脸。

灯亮了，段落这才看清为自己开门的人。那是一个十分漂亮的女生，穿着和段落相同的运动装。段落知道自己来晚了，早已有人捷足先登。

女生充满敌意地对段落说："你找谁？"

"我——找——宋时雨！"段落的声音小得可怜，她感觉自己真的太渺小了，她的自信心在看到女生的瞬间塌方了。

宋时雨吃惊地望着段落，然后慢慢地走到门口，说："你是谁呀？"

段落这才想起，宋时雨和她只有图书馆的一面之缘，他根本就不记得她。

　　"我是段落，祝你生日快乐！"段落说着从书包里掏出了那枚水晶苹果送到宋时雨面前。宋时雨默默地接过礼物，同时，他还看了一眼那个漂亮女生。

　　漂亮女生就是林溪。

　　宋时雨的眼神令段落心碎到了极点，她强忍着没有让自己的眼泪流出来。

　　寝室里安静极了，突然，一声闷闷的笑声打破了沉寂。也许是憋了好久的原因，那笑声有点走形了，确切地说，像一个人的惨叫。

　　寝室里的人面面相觑，段落看得出来，虽然每个人都在极力控制，但那深藏在他们心中的冰冷令她无地自容。

　　发出笑声的是个男生，还在笑，而且大有笑个没完的趋势。他用手捂着肚子，看着段落，笑个不停，没有人知道他在笑什么。

　　除了那个傻瓜一样笑的男生以外，在场的每个人都像蜡像一样伫立在那里，看着段落。他们的目光像箭一样不断刺向段落的心，令段落感到一种冰冷的疼痛。

　　段落已经无法忍受那个男生了，她决定离开，她的泪在眼圈里打转。

　　她望着宋时雨说："我走了，生日快乐！"

　　"谢谢！"宋时雨冷冷地说，从他的脸上找不出一丝的惊讶和怜悯。

　　段落对自己说，爱是不需要怜悯的。

　　她转身大踏步地走了出去，没走几步，却听到宋时雨喊她："段落！"

　　她转过身，宋时雨说："谢谢你！"

　　段落走下了楼梯，身旁依然有男生走过，有怀疑的目光，有嘲笑的声音。

快到楼底了，段落再次听到有人喊她："段落！"

她回头一看，气得差点晕过去，原来是那个一直对她笑个不停的男生。

那个男生手里还端着一块蛋糕，仍然笑容满面："吃块蛋糕再走吧！"

段落心中暗骂，真是猫哭耗子假慈悲，简直是对她的侮辱。

她压抑不住心中的愤怒，大叫一声："你去吃屎吧！"

说完，段落把一块蛋糕全部拍到了那个男生脸上，男生顿时变成了圣诞老人。

段落做完这一切，眼泪哗地流了下来……

她听身后传来另一个男生（这个男生是我，宁不悔）的笑声："你去吃屎吧！段喻！哈哈！"

刚才的一幕全被我看到了。

原来这个家伙叫段喻，看我以后怎么收拾你，段落想。

帮段落的那几个男生还在给"灭门师太"拖地，看见段落也装作没看见。他们以为段落光荣完成任务了。

这天，段落哭了一夜。

2.女生寝室里的"妖艳"男生

段落万万没有想到,一夜之间,她的糗事就已全校皆知,她也成了全校男女生学余饭后的笑柄。特别是那个叫段喻的家伙,充分发挥其比兔子还快的腿和比乌鸦还烂的臭嘴优势,逢人便提段落,还绘声绘色地描述那天的场面。

不久,各种流言蜚语便铺天盖地向段落涌来,气得那几个帮段落进入寝室的男生,叫嚣着要把段喻这个长舌男碎尸万段,扔到学校后院的臭水沟里喂苍蝇。

段喻也不是省油的灯,在我们的鼓动下,他扬言要带领一干人等与骂他的男生一决雌雄,还下了战书。结果,不是今天有事,就是明天考试,总之,一直都没有进行实质性的武力对抗,大家只是停留在口水战阶段,得到一些心理上的安慰而已。

段落对此事不闻不问,因为她听枫珍说,根本就没有人愿意和段喻同流合污,愿意陪他与人决斗,段喻所说的一干人等,也就只有他一人而已。

鉴于以上事件,段落对段喻做了一个公正的评论:烂人。

段落决定洗心革面,开始新的生活,忘记宋时雨,活出自我,活出一个新的段落。

不久，支持段落的哥们也偃旗息鼓了，口水战宣告结束。但是，关于段落的流言仍如学校门口的小商小贩一样生生不息，对此，段落一言以"毙"之：恶意炒作。

又过了很久，一天下午，段落一个人躺在寝室里小憩，喝着牛奶，听着歌，上着网，聊着天……

忽然，门外传来一阵猛烈的敲门声，段落刚打开一道门缝，外面立马闪进了一个女生。这个女生进门后就把门锁上了，然后鬼鬼祟祟地把耳朵贴到门上，探听外面的动静。

段落吃惊地望着这个奇怪的女生，这个女生个子很高，浓妆艳抹的，穿着红色上衣，白色紧身牛仔七分裤，长发过肩，脚穿一双白色高跟凉鞋。

段落觉得这个女生有点儿不对头，再仔细一看，不禁大吃一惊：女生七分裤露出的腿部黑乎乎的汗毛一大片，双手骨节突出，皮肤红彤彤的，而且下巴上还有一根根胡茬。

不仅如此，这个女生用力把耳朵贴在门上时，不小心还把头发弄掉在了地上，露出参差不齐的寸头。

啊！男扮女装。

段落恍然大悟："你是男生！"

"大姐，求你了，别喊好吗？我不是坏人，我也是咱们学校的。"男生边说边把头转了过来，当他看清段落的同时，段落也认出了他。

那张笑脸就是化成灰段落也认得：这个男扮女装的家伙竟然是段喻。

"段喻？原来是你！"

"段落!"段喻的脸吓得都绿了,真是冤家路窄,这下自己可完了。

段落毕竟是女生,对待仇人出现在面前这种突如其来的状况,一时不知如何处置是好。只是用眼睛恶狠狠地盯着这个烂人,试图用目光将他杀死。

段喻满头大汗,化好的妆被汗水冲出一条条小河,像小丑一样可笑。他说:"我没有恶意,只因误入女生寝室,不巧又被'灭门师太'追杀,看在大家生活在同一片蓝天下的情面上,这次就救救我吧,你侠女柔肠,不计前嫌,帮帮我吧?"

看着小丑一样的段喻,段落并没有妥协:"你以为是在武侠小说里吗?少和我来这套,走,烂人!"

说着,段落就要开门。情急之下,段喻把身上的一个小包递给了段落。

段落一看,这东西就是她当初送给宋时雨的生日礼物——水晶苹果。

"这东西怎么会在你的手里?"段落说。

"宋时雨给我的,我为了物归原主,才乔装打扮来到这里的,为了和你握手言和。"段喻说。

虽然段落怀疑段喻的话可信度不高,她却感觉心好像被融化了一样。

这时,门外响起了敲门声,段落的脑中瞬间闪过无数个电影镜头——她用手指了指床下,段喻非常麻利地钻了进去。

门开了,铁面无私的"灭门师太"推门而入,"刚才看没看到一个浓妆艳抹的妖艳女生,不对,是男生,不,是女生……"

"灭门师太"有点语无伦次,连她自己都不知道在说什么。

段落机械地摇摇头，"灭门师太"扫视一遍寝室后，转身离开了。

临走时扔下一句话："看到男扮女装的男生要立即告诉我！"

3.当段落爱上段喻

"灭门师太"走后，段喻才灰头土脸地从床下爬了出来。段落看到段喻，心中油然而生一丝感叹："怎一个惨字了得！"

段喻像变了一个人似的，垂头丧气地坐在床边，低着头，惭愧地说："对不起！"

段落愣了一下，说："没关系，当初我不该把蛋糕拍到你的脸上！"

段喻专注地望着段落，目光中好像藏着什么东西，亮晶晶的。他说："其实有小小错误的人才是最完美的，最可爱的！"

"你不是说过你从来都不犯错吗？"段落反问他。

"那怎么可能呢？上次的事情真是对不起！"段喻拾起了地上的假发，拿到窗口吹了吹，掸去灰尘，又重新戴在了头上。

"没什么，都怪我自作多情。"段落说。

"每个人的心中都会有一个暗恋的人，只是很多人没有勇气说出口，你能大胆地说出来，我还是很佩服你的。"

"说出来有什么用，被那么多人笑话！"段落说。

"呵呵……"段喻尴尬地笑了笑。

"怎么了？你笑什么？我不是说你！"

"我觉得我们的相识挺有意思的，我亲眼目睹了你的失恋。"

165

"算不上失恋，没有真正恋爱怎么可以说是失恋呢？"

"呵呵，来女生寝室真不容易，不光要打扮成女生，还要钻到床下。"

"是啊，下次你别来了！"

"也许还会来的，至少这里有你，你欢迎我吗？"

"当然了。"

他的话令段落感觉很突然，难道他做的这一切都是为了和我接近吗？

有风吹过，有泪盈眼，段落感觉心底有个东西轻轻散开了，像烟火，像蒲公英，有一种释放的感觉，轻柔如风，却激起了爱的波澜。

两个人对视良久。后来，段喻一瘸一拐地走了，因为他的高跟鞋鞋跟掉了。他是笑着离开的，段落也是笑着送他离去的。

站在轻风拂过的窗边，段落享受着一生中最快乐的夏日午后。

她傻傻地坐到了天黑，傻傻地笑着入睡，她梦到了段喻，她爱上了他。

此后几天，段落再也没有看到过段喻，好像他早已无声无息地消失了一样。

段落开始莫名地挂念起他来：这家伙跑到哪儿去了呢？

又过了两天，段落依然没有见到段喻，她着急了，开始四处打听段喻的消息。

后来，她终于在他的室友那里打听到，段喻病了，而且很严重，至于什么病他的室友却没有说。

段落坐不住了，她心急如焚，他到底得了什么病啊？有没有生命危险呀？

最后，她在同学的议论中知道了真实的情况，段喻根本就没有得病，他待在寝室里不出来的原因是他打架了，学校罚他闭门反省。

听说打架，她立刻想到了宋时雨和那枚水晶苹果，难道他打伤了宋时雨，并抢走水晶苹果送还给她吗？

段落回忆起段喻那天的一幕幕，突然感觉有点怀疑，段喻若真是为了还给自己礼物，为什么会鬼鬼祟祟的呢？而且他进入寝室并不是为了见段落，而是躲避老师的追赶呀！

段落决定亲自给段喻打个电话，问个明白。于是，段落拨通了段喻的寝室电话。

不到两分钟，电话那头就传来了段喻沙哑的声音："喂！你找谁？"

听到段喻的声音，段落突然有点紧张，她慢吞吞地说："我是段落。"

"段落？"段喻的声音很惊讶，好像有点怕她的感觉。

"是我，谢谢你那天把水晶苹果送还给我！你现在还好吗？"

"段落，我对不起你！我不该骗你！"段喻说。

"骗我？为什么？"

"其实那天我不是特意去找你的！"段喻语气缓慢，满怀愧疚，"我是烂人，你别理我了！"

"哦？没关系，这已经足够了。"

"那天，我不是特意去看你的。"段喻说。

"这个，我、我、我知道……"段落说话的时候声音很慢。

其实，段落早就猜到那天他不是特意来找她的。

原来，那天，段喻做了一件和段落相同的事，他男扮女装潜入女生寝室向心仪的女孩表白。不巧，那个女孩的男朋友早已知晓此事，便打电话给"灭门师太"，"灭门师太"得知消息后，就和段喻玩起了猫捉老鼠的游戏。段喻无处可逃，误入了段落的寝室，躲过一劫。为了表示谢意，他便把原本打算送给那个女孩的礼物送给了段落，那个礼物并不是宋时雨给他的，而是他自己买的，只是和上次段落送给宋时雨的礼物相同罢了。当段喻走出女生寝室时，那个女生的男友早已等候在门外，两人不免一番拳脚比拼……

"过去，我不该嘲笑你，我是烂人。"段喻说。

"你不是烂人，烂人是不会给一个失恋的女生送蛋糕的！"段落不知道为什么自己会说出这句话，也许因为那个印象太深刻了。

电话那边的段喻不说话了，段落也不说话了，她知道，说下去就会再次触及那个尴尬的场面了。

段落心中叹道：糗事不堪回首！

4.段落不会一错再错了

段落发现自己爱上了段喻了，这种感觉很强烈。她不想再错过了，再也不允许有人捷足先登了。

据可靠消息说段喻在和那个男生打架的过程中，伤了胳膊，虽然不重，但也挂了彩。

于是，段落决定再次乔装打扮混入男生寝室，看望那个"烂人"段喻。

这次的计划比较明智，她听说"灭门师太"特别嘴馋，尤其爱吃西瓜，就从学校旁边的菜市场买了一个大西瓜，请男生把西瓜送给"灭门师太"，然后，她就坐在男生寝室的楼梯前等待"灭门师太"去上厕所，她这招是从"猫与鼠"动画片里学来的。

果然这招真灵，在值班室又饥又渴的"灭门师太"见到西瓜眼睛都绿了，一顿狂吃，不一会儿就跑进了卫生间。

见值班室人去屋空，段落喜出望外，刚要拔腿进入男生寝室，却被一个男生撞了一下。

这个男生由于匆忙，只说了声"对不起"，随后，溜进寝室后就不见了踪影。

那声"对不起"是个甜甜的女声，段落当时气得差点晕过去。

敲开段喻的门，段落又看到了她最不愿看到的一幕，刚才撞她的女生正坐在段喻身旁，以一种惊诧的目光望着段落。

段落明白了一切：段喻是个大骗子，她自己又晚了一步。

她刚要离开，那个女生就追了出来："你是段落姐姐吧?"

段落转过身，傻傻地说："是我!"

"你别误会，我是段喻的妹妹，我叫段雪晴。"

段喻的妹妹段雪晴？多么好听的名字呀!

……

"段落，你爱上我不会觉得是一个错误吗?"

"是的，美丽的错误。"

"段喻，你爱上我不会觉得后悔吗?"

"会的，后悔没有早点遇见你。"

……

画外音（段雪晴）：被捉到教务处还能说出这么肉麻的话，真是没心没肺! 下次，打死我也不会再女扮男装进男生寝室了。告密者无处不在，"灭门师太"诡计多端，防不胜防，唉……

Chapter **10**

我们拍自己的DV电影

1.《胡言乱语》剧组

丁莹总抱怨我是一个落伍的人，与现今很多称为潮流的东西格格不入。比如当许多人搞组合办个人演唱会的时候，我却不合时宜地坐在黑乎乎的电影院里看电影。

说实话，我对电影的热情远远超过对丁莹的恋情。我认为电影起码说也是一门艺术，是一些人智慧的结晶，这远比一些呆头呆脑的家伙抱着吉他在台上声嘶力竭地唱上个把钟头，结果却获得无数烂鸡蛋和谩骂的口水要强得多。因此，在老爸出差回来后将一部DV机（SONY DCR-PC101E 数码摄像机）送到我手上时，我有了要拍部校园DV电影的念头。

当我把准备拍DV电影的想法和丁莹说起时，丁莹惊讶无比，张大嘴巴说，酷毙了。她站到我的面前，踮起脚爱怜地摸摸我的额头，说："宁不悔，你不会是在做梦吧？全世界的导演都集体自杀了吗？轮到你来拍电影？"

全世界的导演是否都好端端地活着，这与我拍电影无关。我并没有空想，因为我已将自己的电影梦付诸实施了。

我把寝室里的铁哥们和隔壁女生寝室的女生都找来了，他们得知我要拍DV电影都非常赞同。特别是苏美达，更是高兴得不得了，因为他曾组织我们班拍过小品，对于 DV，他更是兴趣浓厚。可是，冷静下来想一想，我们在这方面的经验几乎为零，如果半途而废怎么办？我拍着胸脯对大家说，我会坚持下来的。

话已说出口，便开始具体操作了。苏美达、宋时雨、段喻、麦海佳最支持我了，最开始的准备只有我们五个，虽然人少，但大家都信心十足。一开始应该是准备剧本，没有剧本怎么拍戏？

苏美达说："没有剧本好办，我们自己编。"

"我们虽然没拍过什么，但是编故事的能力还是有，这点小问题难不倒我们，大不了五个人一块编。"宋时雨说。

五个男女生一台戏，说编就编。接下来的日子，只要没有课没有考试，五个人便凑到一起写剧本。我们充分发挥自己的想象力，把一切我们觉得最搞笑、最好玩、最好看的东西都编到剧本里，剧本里男女主角的对白都是你一言我一语凑出来的。

几个星期下来，名为《胡言乱语》的剧本便大功告成了。苏美达说，整个剧本简直是我们口水与智慧的结晶，如果不拍下来真是最大的遗憾。因此，即使是为了我们的剧本，我们也要把属于自己的DV 电影拍出来。

接下来，便是选演员了。男女主角的演员至少要靓一些的，因为这与票房有关。其他的演员一概放宽政策，符合要求便可以加盟。为此，宋时雨还起草了一份招聘演员的启事。

启事贴出后，得到了出人意料的反应，应聘者络绎不绝，男男女女将我们班的教室围得水泄不通。女生的热情更是了得，纷纷要求出演女主角，就连我那多日不见以为不认我这个哥的丁莹也一反常态，加入到竞聘者的行列。

结果很残酷，她被无情地淘汰了。尽管没当成女主角，丁莹也没有生我的气，反而悄悄地站在我的身边，为我站台助威。

她小声地对我说："当导演的女友原来也是件很风光的事啊！"

我故作深沉地点点头："那是，风光还在后头呢！"

正说着，发现人群深处有一双眼睛正在虎视眈眈地盯着我，原来是我们的体育老师。她发现自己已被我瞅见，冲我微微点了点头，脸上露出了十分罕见的笑容。

我这才幡然醒悟，剧本里还有一个老师的角色，我怎么把这事给忘了！

老师的来意自然不言而喻，气氛马上变得融洽起来，我自己也备受鼓舞，因为我的行为得到了老师的认可。

两天后，《胡言乱语》剧组正式成立。我做导演，苏美达是编剧＋摄影师，宋时雨做剧务，其中主要成员就是我们男女生寝室的全体成员，先前一直令我嗤之以鼻的演唱组合一类也参与进来了。这个叫做"涩女郎"的组合并非两个女生，而是一男一女，虽然我对组合不太看好，但他们两人的外形却无可挑剔，自然成了男女主角，剩下的是一些电影发烧友。

最后合计人数（包括凑热闹的群众演员）共十八人。

一切准备就绪，下一步便是开拍了。

2.DV电影的导演不好当

一个男生有个毛病,一见到女友就开始胡言乱语,语无伦次。因此,不会说好话,只会做好事。为了讨好她的女朋友,他刻意制造了许多所谓的浪漫,而且为了证明自己是男子汉,时常在女友面前出手阔绰,因此,男生最后欠下一屁股债。债主是一个整天只会啃书本的男生(没有女朋友)。到了还债的期限,男生已成了个彻底的穷光蛋,可是债主却并没有向他要钱,而是向他提出了一个出人意料的条件——帮傻乎乎的债主找女朋友,如果帮债主找到称心的女友,那么一切债务全免。男生听后乐呵呵地答应了,随后,男生和他的女朋友便开始踏上了艰辛的替人找女友之路……

这便是《胡言乱语》的主要剧情。

由于是初次拍片,谁也没有经验,大家乱哄哄聚在一起,谁也不知道自己到底应该做什么。男女主角傻呆呆站在一边背台词,群众演员个个东倒西歪,像自由市场一样。

没有办法,我只好亲自组织,苏美达还真是哥们,自始至终站在我的身旁,扛着DV机。过了一会儿,总算有点秩序,大家让出场地,男女主角各自站好。

开拍。

男女主角已把台词背得滚瓜烂熟，所以，一上场两人便像背课文一样说着台词，脸上毫无表情，而且还有种大义凛然的感觉，好像敌人刺刀下的两个革命先烈。虽然两人强忍着不笑，但还是禁不住周围一些好事之徒的挑逗，更有甚者已在一边笑得东倒西歪，捶胸顿足。

虽然我也想大笑为快，但身为导演，我要是大笑，演员可怎么演戏啊！

可是最终两个男女主角还是忍不住大笑起来……第一个镜头就这样泡汤了。

这些还不是重要问题，重要的是演员明明已背好台词，可是一到镜头面前就什么都忘了，有一个镜头女主角拍了十次都没过，最后只好作罢，收工走人。

二十多人的剧组不知道什么时候已锐减到了十几人，可就是这十几人也已成为学校里一道令人艳羡的风景了。

我的地位骤然上升，许多人对我刮目相看，常常听到有女生在我的背后说："看，听说他就是那个导演啊！"

"是吗？可我听说他拍的电影乱作一团，简直惨不忍睹，剧组也都是乌合之众。"另一个女生语。

这样的冷言冷语常在我耳边回荡，但我毫不灰心。

经过几天的拍摄，男女主角及群众演员对镜头已不再恐惧了，拍摄工作开始走上正轨。白天的戏还好说，但是晚上的戏就不太好办了，特别是男主角送女主角回寝室的那一幕。因为这是整部戏前一阶段的小高潮，男主角在这条短短的小路上，要连续给女主角三个惊喜，外加许多肉麻而搞笑的对白。

学校里许多路灯都很暗，所以，拍摄地点只好选在了学校主楼与寝室楼之间的一条小路上。这条路虽然灯光很好，但是来往的学生却很多。男女主角刚从小路的一头开始走，镜头前便出现一些陌生的身影。这些路人对我们这些拍电影的毫不在乎，肆无忌惮地在镜头前穿行，导致拍摄工作经常中断。这可累坏了我们的摄像师苏美达，他扛着DV机在黑乎乎的小路上移动，有好几次差点被人撞倒，幸好DV机没有大的问题。

拍夜间戏来的人很少，男女主角也很默契；低年级的一个班还为我们腾出了教室，并留下几名同学做我们的群众演员。

这一幕，女主角得知男主角为了自己竟然负债累累，非常感动，便拿出了男主角送给她的所有礼物，决定还给男主角，从此断绝两人的关系，结束这段令男主角疲倦的感情，而男主角却死活不同意。

在阶梯教室的中间，男主角深情地说："尽管如今我已成了穷光蛋，身无分文，但我对你的爱情却是价值连城……"

正说到此处，停电了。过了十分钟来电了，DV机却没电了。

为了还债，男女主角奔走于校园之间，为整天傻乎乎胡言乱语的债主介绍女朋友。为债主介绍女朋友后还不算完，还要安排女孩与债主的约会，由于债主对谈恋爱一窍不通，男女主角还要在约会中随时跟踪并在暗中指点。

虽然天气不与我合作，男女主角却始终如一，当时我想到天气太热就不拍了，可是女主角却死活不肯，她想尽快拍完，暑假时好有时间旅游。由于天气太热，我们一个个都汗流浃背。看到男女主角投入的表演，我对这个叫做"涩女郎"演唱组的看法改变了许多。可是，戏拍到一半的时候，女主角却突然晕倒了。

这下剧组乱了阵脚，大家手忙脚乱地把女主角送到校医室。虽然只是中暑，但是女主角还是要休养一阵子，医生说她至少要休息一个星期。

在校医室的楼下，我刚想对大家说点什么，可是看到大家疲倦地走进夏日酷热的阳光中，我的话又咽了回去，心里酸溜溜的。

我独自一人准备离开，却发现丁莹不知道什么时候已跟了上来。

她递给我一瓶冰红茶，我没多想便一饮而尽。她挽着我的胳膊，说："先放下一段时间也许会好些？"

我点了点头，伸手拉上了 DV 包的拉链。

我突然想起，自己上次和丁莹见面已是一个月前的事了。至于她这么多天为什么没有找我，我没有多问。

一天晚上，我正在检查 DV 机，准备第二天开拍的事。电话铃响了，是丁莹。

她在电话里说："可不可以把女主角换成我？"

我当时没有多想，便说："别和我开玩笑了，我们的女主角还好好的呢！"

她二话没说，便挂掉了电话。

第二天，继续开拍，可是剧组里的人又少了几个。苏美达告诉我说他们是自动退出的，觉得有些对不住我，所以托他转告，我只是哼了一声。

期末的时候，大家的学习都很忙，所以，《胡言乱语》停拍了好几次。中间，由于一点小事，大家吵了几次架，有一次还差点打了起来，幸好有苏美达在，及时劝阻了我。我知道事情到了最后，难免有人会打退堂鼓，而且我拍的这部戏是否能够成功也未可知。

在这个令人心浮气躁的夏季，我告诉自己，做一件事就要做到底。

暑假的第二天，我们大家又聚到了一起，准备拍最后一场戏。这回大家个个精神抖擞，笑容满面，先前几个悄悄退出的人也回来了，静静地站在一旁。我不知道这是什么原因，但我敢肯定，他们还是支持我的。

债主见了二十六个女孩仍毫无结果，疲惫不堪的男女主角在共同听完一场音乐会后，平静地分手了。

男孩和债主成了好朋友，因为他终于从债主那里得知，他要求男主角帮忙找女朋友的事并不是他的初衷——不要刻意的做作，顺其自然才是最重要的。

背景音乐响起：偷偷看你的脸／星星变成晴天／我向窗外默默想你／希望你能听得见／你的好你的坏／全部我都想看／你明不明白／说不出来／心中对你的依赖……

3.DV电影的续集与我有关

我们的后期制作辗转了好多地方，用了好久才完成了，这对时间宝贵的我们来说，真是很难。不过，为了能给我们的高中生活留下点滴精彩，还是值得的。剪辑工作近一个月才完成，片长共五十分钟。虽然现场的录音不错，不过由于剪接的关系，必须重新配音，还好大家对自己的台词都早已烂熟于心，配音工作很快就完成了。待把一些宣传的海报做完后，已经是九月初了。

我们把公映的日子定在教师节的前两天，作为教师节礼物献给老师。

公映那天，近千人的小礼堂座无虚席，很多人站在那里等待影片开始，很多人去晚了根本就挤不进去。老师都说这部电影是给他们最好的礼物。

电影画面刚出现，下面便欢声雷动，我们剧组人员也跳了起来，有的演员还留下了幸福的眼泪。

公映后，我们的电影获得了好评，我知道自己的电影成功了。可是，我却不像其他人那样高兴，因为在散场的时候，我看到了丁莹。

她在出口处回头望了我一眼便不见了，等我追出时，看到她和一个男生牵着手走下了小礼堂的楼梯。我没有去追她，因为我知道那么做没有用。

这时，女主角走了出来，她拍拍我的肩，对我说："好惨啊！电影的结局发生在了电影导演的身上。"

"有种幸灾乐祸的感觉。"我说。

"不是的，我只是觉得这种结局有点不公平，所以，我决定拍续集。"女主角充满自信地说。

"好啊，我拉上剧组的人配合你，这回你当导演。"

"不用那么多，只要有你和我便足够了，我要拍一个完美的结局，为了你。"

她说完向前走了两步，站在下面的台阶神秘地看着我，粲然一笑，旋即消失不见了。

这时，枫珍走了出来，愣愣地看着我说："哥哥，你在看什么？"

"一个女生，她说要拍 DV 电影的续集。"

"是和你一起吗？"

"也许吧。"

"哥，可你为什么还是这么不高兴呢？"

"我不知道。"

"还有一年我们就要高考了，你可不要三心二意哦！"

"我知道啦，老妹！"

"我刚才看到丁莹和一个男生走出去了，她好像有了男朋友。"

"是吗？呵呵！"

这时，耳朵传来了那首歌，轻轻地，伴着吉他的声音：

> 我们来自不同的班级
>
> 我们来自不同的地域
>
> 我们做着共同的努力

自从住进寝室的那一天起

无论男生和女生

无论时间和距离

我们开始由陌生变得熟悉

从晨曦到暮霭

从寝室到班级

我们匆匆忙忙

我们乐此不疲

啦啦啦……

啦啦啦……

男生隔壁是女生

友情隔壁是爱情

我们若即若离

我们惺惺相惜

我们与快乐相伴

我们与忧伤同行

成长的过程总是波澜不惊

寝室的生活永远风起云涌

啦啦啦……

男生隔壁是女生……

不一会儿，我的身边已经站满了人，宋时雨、苏美达、段喻、麦海佳、方祺儿、林溪……

我正在愣神的时候，听到照相机的咔嚓声，有一只手轻轻地搭在了我的肩上，是个女生的手，我没有回头，但我已经猜到她是谁了。

图书在版编目（CIP）数据

男生隔壁是女生 / 鲁奇著.—太原：北岳文艺出

版社，2012.8

（校园幽默丛书）

ISBN 978-7-5378-3733-0

Ⅰ.①男… Ⅱ.①鲁… Ⅲ.①长篇小说－中国－当代

Ⅳ.①I247.5

中国版本图书馆CIP数据核字（2012）第153022号

书　　名	**男生隔壁是女生**	
著　　者	鲁　奇	
责任编辑	刘文飞	
封面设计	培捷文化	
出版发行	山西出版传媒集团·北岳文艺出版社	
地　　址	山西省太原市并州南路57号	
邮　　编	030012	
电　　话	0351-5628696（营销部）	
	010-58200905 转 801（北京中心发行部）	
	0351-5628688（总编办）	
传　　真	0351-5628680　010-58200905 转 802	
网　　址	http://www.bywy.com	
E-mail	bywycbs@163.com	
印刷装订	北京天宇万达印刷有限公司	
开　　本	700mm × 960mm　1/16	
字　　数	144千字	
印　　张	12.5	
印　　数	7000册	
版　　次	2012年8月第1版	
印　　次	2012年8月第1次印刷	
书　　号	ISBN 978-7-5378-3733-0	
定　　价	25.00元	

本书如有印装质量问题　由承印厂负责调换